[illegible]méthée Repentant

Tragédie en trois actes

REIMS
ÉDITION DE *LA JEUNE CHAMPAGNE*
33, CHAUSSÉE DU PORT, 33

1905

A M. José Maria de Hérédia,
très respectueux hommage.

Prométhée Repentant

Drame en trois actes

A M. Maurice Barrès
un très respectueux admirateur

Mécislas GOLBERG Mécislas Golberg

Prométhée Repentant

Drame en trois actes

L'action se passe sur le rocher du Caucase auquel Prométhée est enchaîné

REIMS
ÉDITION DE *LA JEUNE CHAMPAGNE*
33, CHAUSSÉE DU PORT, 33

1904

Du même Auteur :

Immoralité de la Science.	Edit. : Giard et Brière, rue Soufflot.
Vers l'Amour	— A. Wolff, rue Taitbout, 76
Lazare le Ressuscité. . . .	— — —
Parmi les Sources	— — —
Puvis de Chavannes. . . .	— — —
Lettres à Alexis	Bibliothèque du Parthénon, édition de " La Plume ", 54, r. des Ecoles

A paraître très prochainement :

Fleurs et Cendres, impressions d'Italie.

Deux poètes : Régnier et Moreas

PROMÉTHÉE REPENTANT

Drame en trois actes

L'action se passe sur le rocher du Caucase auquel Prométhée est enchaîné.

PROLOGUE

SCÈNE PREMIÈRE

Rêve de Prométhée

Le théâtre présente un carré de pelouse avec un rocher dans le fond, derrière lequel on aperçoit dans le lointain des vallons verdoyants. Sur le rocher, Prométhée enchaîné rêve, à demi étendu, éclairé par les rayons du soleil couchant.

PROMÉTHÉE, *endormi, parle d'une voix sourde.* — La douce brise amène vers moi les ombres bien aimées. La solitude m'enveloppe tendrement. Déjà la paix caresse mon cœur... Que je suis heureux.

(Paraissent à travers les nuages, les Heures. Elles s'approchent en chantant et dansent la ronde devant le rocher.)

LES HEURES :

Dors, dors, ô titan, le repos est l'ami de ton âme.
Nous sèmerons des songes, dors, dors, ô titan.
Sur tes paupières baissées, nous verserons de l'ambroisie, et des chants doux berceront ton cœur endolori.
Dors, dors, ô vaincu, le repos est l'ami de ton sang.
Nous sèmerons des songes, dors, dors, ô vaincu.
Loin, travaille la Destinée, et sur toi pèsent ses ordres.
Contre ta douleur, ô Prométhée, s'acharne la Nécessité.
Dors, dors, ô maudit, le repos est l'ami de ton âme.
Nous sèmerons des songes, dors, dors, ô vaincu.

(Les Heures jettent des fleurs roses et blanches sur le rocher.)

Ferme tes yeux, ô titan, l'heure de la Justice est sonnée.
Ferme tes yeux, ô titan, l'heure du songe est arrivée.

Les heures dansent, les heures dansent, en t'aimant, les heures dansent, les heures dansent, en t'oubliant.

Dors, dors, ô immortel, le repos est l'ami de ton âme.
Nous sèmerons des songes, dors, dors, ô immortel.

(Paraissent à gauche, les Parques : Clotho, celle du passé ; Lachésis, celle du présent ; et Atropos, celle de la mort et de l'avenir. Elles s'approchent du rocher en psalmodiant :)

Prométhée, fils de Thémis, tu te soumettras ; Prométhée, fils de Thémis, tu regretteras.

Prométhée, fils de Thémis, tu sangloteras ; Prométhée, fils de Thémis, tu ne mourras pas.

(Les Heures ouvrent le demi-cercle, les Parques s'asseoient au pied du rocher. Les Heures forment un demi-cercle ouvert.)

CLOTHO. — Je t'apporte le passé, riant et aimé. Tu ne l'auras plus, car il s'est envolé. Titan, saisis le fil qui fuit et qu'en vain tu voudrais arrêter. Tu pries, ô malheureux : « Destinée, destinée, arrête ta loi. Je vais aimer et souffrir pour ta règle. Mais le dieu cruel qui règne sur l'Olympe guide tes pas et domine ma volonté. » Clotho te dit pourtant :

« Ne menace pas, tu es immortel. Le passé est fait de tes larmes, le passé est bâti de tes regrets. Clotho, au fil à deux nuances, t'aime. Tu vivras, Titan, et Lachésis t'aidera.

LACHÉSIS. — Pauvre, je ne puis rien te dire. Je suis la fille du présent et l'heure qui vient ne m'appartient pas. Titan, fuis-moi, car l'arrêt contre toi demeure et Lachésis se soumet aux ordres fatals. Mon fil se déroule et tu demeures. Ne me crois plus, ô le plus pauvre parmi les immortels. Seule, Atropos saura t'aimer ; seule, Atropos saura t'abriter...

ATROPOS. — Viens ! Je suis la fille armée des ciseaux meurtriers, et je coupe le fil qui dure et celles qui dévident le destin me craignent, car j'arrête la vie insolite et je glace le souffle tiède. O Prométhée, fils de la Durée, tu vivras dans le rêve de ta fin ; tu seras l'enfant de ce qui ne finit jamais et dans ta douleur tu m'aimeras à cause du buis et du laurier qui se mêlent paternellement dans mes cheveux. (Elle parle avec douceur.) Regarde : les cieux, les prairies et les mers t'appellent. Il y a aussi des astres lointains qui t'attendent et des cœurs et des âmes. Destiné à la lumière, tu iras vers les ombres qui tremblent de tristesse et sanglotent. Derrière les pierres, dans les cavernes et dans les bois obscurs, on languit en t'invoquant : « Lumineux, parle à ceux de la paupière fermée et réchauffe les cœurs meurtris par l'effroi. » Titan ! Atropos t'aime et elle filera, filera, filera ton fil à l'infini.

PROMÉTHÉE. — O béatitude de l'immortalité.

ATROPOS. — Ton fil est d'un rouge sombre. Il frémit souvent. Mais les ciseaux que ma main dirige ne le toucheront jamais. Tu vivras.

PROMÉTHÉE. — Filles sombres de la Destinée, le feu déjà me dévore ! Mais Lui ! Lui ! que fera-t-il, Zeus le Cruel ?..

LES PARQUES. — Tst! Tst! silence. C'est l'énigme.

(Les Parques se lèvent et, le doigt de la main droite levé vers le front, disent :)

Silence ! Tst ! Tst !.. C'est l'énigme... Tu vivras.

PROMÉTHÉE, *d'une voix faible.* — Et Lui...

LES PARQUES, *dansent une ronde échevelée avec les Heures. Leurs paroles s'entremêlent.* — Nous sommes les filles des songes ! Tst ! silence ! Des songes ! Tst ! silence ! Prométhée, tu vivras...

PROMÉTHÉE, *d'une voix cassée.* — Destinée ! Cruelle destinée ! La vie est pleine de ténèbres et la victoire fuit insaisissable. Seule la douleur m'accompagne... Filles du rêve, filles sombres, parlez...

LES PARQUES. — Tst ! silence ! Tst ! silence !

LES HEURES. — Dors, dors, ô vaincu ! Nous sèmerons des songes. Dors, dors, ô vaincu.

(Les Parques et les Heures se dispersent sur la scène et forment des groupes.)

PROMÉTHÉE. — Les belles filles de la destinée, vêtues de pures draperies s'enfuient... Ah ! Supplie, cœur indompté ! Parlez, rêves

(Paraissent les Harpies, du côté droit.

PROMÉTHÉE. — Filles de la tempête et toi, ô admirable Céléno qui descends des sommets lugubres de Thrace, chantez la Gloire, fouettez les cœurs indociles, grondez !

LES HARPIES, *de loin.* — Frère maudit, sur nos ailes nous apportons l'effroi. Nous avons vaincu des créatures, la mer a gémi sur notre passage... Touche nos ailes ! Elles t'apportent les larmes des eaux effarées et les éclats des montagnes qui fuyaient à notre approche. Dors, Prométhée ! Nous travaillons pour toi et déjà nous nous envolons vers d'autres pays qui rient. Nous sommes les filles de la frayeur et de la mort, les Harpies qui haïssons le soleil.

(Pendant cette scène, les Parques s'approchent vers le rocher et reprennent leur place. Les Heures reforment le demi-cercle.)

PROMÉTHÉE. — Les pâles déesses sont parties. Elles reviendront avec de nouvelles dépouilles. C'est aujourd'hui le grand festin ! *(Il invoque) :* Sombres divinités de la nuit, approchez ! Et vous qui luttez contre la lumière, venez ! Et vous puissances divines que d'autres ont domptées, accourez vers moi.

(A l'entrée de la scène paraît Niobé et fait quelques pas.)

NIOBÉ. — Arthémis et Apollon m'ont ravi la joie. Leurs flèches

Prométhée. — Cruelle destinée !

Le Sphinx. — Je suis de ce qui demeure. Les fleuves qui passent, les dieux qui ordonnent et les titans qui créent insultent mon âme lointaine... Je n'aime pas la brise et la tempête ! Je hais le nuage fuyant et le vain murmure. Ce qui se continue trouble ma stérile solitude et les échos me sont hostiles..... Mais viendra le jour où Prométhée m'aimera.

(La vision disparaît. L'obscurité peu à peu envahit la scène. Les Hespérides chantent doucement.)

Hespérides. — Celui qui, au-delà des dieux, domine l'infini, a disparu. Il fuit les murmures, il fuit les échos, les mères l'effrayent et la semence le rend mélancolique.

Sphinx ! Sphinx ! Dieu stérile ! Dieu des dieux !.. Tu passes... Dans les ténèbres bleuit ton tracé immortel... Mais aucun sage à l'œil ardent ne t'aimera et la fille dont le cœur tremble aura peur de toi... Il fuit, il fuit le dieu des dieux, le dieu stérile.

Prométhée. — La Raison n'a plus d'amis. L'Esprit n'a plus d'amants... Je suis l'esclave des murmures... Ah ! horribles échos, folles sonorités ! Vous agacez mon cœur tourmenté... Il a dit pourtant, le dieu des dieux : « Tu viendras vers moi quand ta parole n'aura pas d'écho et quand tu chanteras sans remuer les lèvres. . »

(Silence. — L'obscurité devient plus accentuée.)

Hespérides et Uranies, *chantent*. — Il est parti le dieu des dieux, le dieu stérile. Les échos le fuient et les semences le craignent.

Il est parti, le sphinx, le dieu stérile.

Et déjà à travers le monde tout frémit ; les bruits éclatent, les sonorités retentissent dans les monts et la roche tremble...

Car il est parti, le dieu des dieux, le dieu stérile.

Prométhée, *en murmurant*. — Il est parti le dieu des dieux ; le héros gémit et son cœur se gonfle de sublime audace... Il veut agir encore ! Agir... vivre... aimer... maudire...

(Le théâtre est plongé dans l'obscurité. Devant le rocher on voit une douce lumière bleuâtre. Un vent léger siffle.)

Les Uranies, *dans l'ombre*, *chantent*. — Il faut partir vers les gouffres célestes ; c'est l'heure des danses sacrées. Dans les sphères, nous allons aimer.

Les Hespérides, *de même*. — Il faut partir vers les lieux ténébreux... On entend déjà le souffle des coursiers d'Apollon. Les Hespérides pâlissent et se meurent. L'aube luit sur les confins de l'Océan...

Les Hespérides et les Uranies. — C'est le crépuscule ! Le

bosquet sort des langes gris de la nuit. La vierge surgit, la terrible Gorgone, fille de la pénombre qui cherche la lumière du jour... Fuyons... Gorgone paraît... Fuyons...

(Dans une légère brume paraît Gorgone.)

HESPÉRIDES ET URANIES, *se retirent lentement et annoncent d'une voix précipitée.* — Elles sont trois sœurs, cachées dans l'ombre froide. Plus loin que le soir et les étoiles, dans les régions glacées des ténèbres, demeurent les trois sœurs à l'âme des nuits. Parmi elles, deux, aux fronts austères, sont immortelles. Elles parent d'espérance les sombres abîmes. Seule, la Méduse est destinée à Hadès...

Voici la fille mortelle des nuits sans étoiles qui, à travers le règne obscur répand sa langueur.

Voici celle qui loin de la lumière se meurtrit et pleure...

(Elles disparaissent.)

(Gorgone s'approche lentement, pensive et silencieuse, entourée de lueurs bleuâtres, vêtue d'un manteau pourpre, cheveux épars. Arrivée au milieu de la scène, elle s'appuie, enveloppée dans sa draperie, et murmure :)

GORGONE. — Près des cimes, je traîne ma soif d'aimer, et, plus belle que les filles du jour, en vain j'apporte à l'Eros mon sang. Les êtres que le soleil bénit fuient mon ombre et la maudite flamme me consume sans gloire.

Que je voudrais tressaillir dans l'étreinte ! Puissante, et en deuil des destinées que les créatures m'envient, je voudrais dans les bras aimés pleurer doucement. Je voudrais... je voudrais arracher mon cœur guerrier, comme un flambeau le lever dans les cieux noirs et implorer : Venez, ô doux amants, venez aimables adolescents, venez dieux des bois, dieux des monts. La fille mortelle languit et pleure. Accordez-lui l'étreinte et permettez qu'elle vous offre sa tendresse.

(Prométhée appuie sa tête contre le rocher et écoute avec enchantement.)

GORGONE. — Nuit sévère, et toi, ô jour étincelant, écoutez ma plainte amoureuse : cheveux épars et mains jointes, près des sources, je verse mes larmes. Contre la roche j'appuie mon front ardent. Les torrents portent mes soupirs et la caverne entend mes imprécations. J'appelle les mortels et les dieux. Lasse de ma virginité je gémis, cependant que dans la nuit ricanent les étoiles et loin, près de la mer, l'aurore pâle me médit. Ah ! Ah ! Je suis lasse de mon cœur stérile. Mes flancs souffrent. Mes seins enflés de douleur pèsent. Qui prendra celle qui a l'ardeur d'aimer ? Qui recueillera Gorgone ? Echos, portez mes paroles et toi, brise du matin, aie pitié de ma langueur. Astres ! Eclairez avec douceur mes traits allumés afin que les yeux aimants puissent me contempler sans danger.

PROMETHÉE. — Amante endolorie ! O errante de l'amour ! Sortie

des ténèbres mystérieuses, tu effarouches les âmes du jour. Tes regards pleins de sombres feux où se reflètent les cieux vespéraux effraient. Mais le Titan, voué déjà aux Nuits, inquiet, comme toi, de l'ombre fuyante, du bruit des eaux invisibles et du murmure des bosquets voilés de brumes, te dit :

Approche, Méduse! Je supplie l'amante farouche de me tendre ses bras au-dessus des gouffres. Tu es la messagère du royaume obscur ! et je suis déjà l'ennemi du jour. Viens, ô vierge ! Que nos épousailles fécondent ce qui fuit le soleil! Si ton cœur sanglote, ma raison aussi s'égare... J'atteignis les cimes où le feu fleurit. J'approchai le soleil, je créai... Autour de moi, par ma pensée somptueuse a surgi la vie. Mais ce que la raison avait conçu, renia la paternité... L'esprit du Titan erre déjà dans les solitudes...

Je suis sur la cime... Rien pourtant n'apaise ma douleur. Je suis voué à la plainte solitaire. Les mains qui me caressent ont trop de douceur ; les yeux qui m'aiment pleurent trop souvent.

Mais toi, l'austère Gorgone, tu sauras aimer les abîmes où se noie mon âme... Cœurs embrasés, main dans la main, nous descendrons sans frémir dans les profondeurs inexplorées de la vie. Guidé par ton bras aimant, je ne reculerai devant aucun feu et les dieux de l'Olympe ne pourront plus exercer contre moi leur pouvoir odieux. A nous deux nous serons par la fatale loi consacrés à la nuit et au sanglot! Et aucun dieu n'a encore changé les ordres du destin.

Et nous aimerons nos cœurs puissants que rien ne peut fléchir sinon la terrible solitude, la solitude de ton amour admirable, la solitude de ma raison intrépide.

LA GORGONE. — Qui es-tu ? Pourquoi ta voix est-elle si âpre? (Elle s'approche et regarde.) C'est le Titan que Zeus a enchaîné... Le cruel destin veut que la larme cherche la larme et que le malheur aime le malheur.

PROMÉTHÉE. — Amante des nuits, j'invoque mon sang pour mériter ta tendre amitié.

LA GORGONE. — Héros, fuis ce que la tristesse couronne! L'amitié ne peut être dolente et Gorgone déchirerait avec plus de cruauté ta chair que le vautour qui au soleil te dévore.

PROMÉTHÉE. — Approche-toi, merveilleuse ! Regarde mes yeux... Tu verras ta flamme... Approche-toi. Regarde ma bouche... Tu verras sur mes lèvres voler tes pensées !

LA GORGONE. — Ah ! voile-toi, Titan ! Je ne veux pas contempler en toi mes malheurs... Sombre serait l'amitié de deux êtres blessés et il y aurait trop de haine dans notre tendresse.

PROMÉTHÉE. — Cruelle ! Qui nous aimerait sinon nous-mêmes.

LA GORGONE. — Non, Prométhée ! Nous ne pouvons nous aimer... Ta démence et la mienne cherchent la même sagesse... Nous nous heurterons... Nous souffrirons.

PROMÉTHÉE. — Parole pleine d'énigme !

LA GORGONE. — Impatients, nous nous blesserons ; assoiffés de paix, nous nous haïrons.

PROMÉTHÉE. — Femme que le jour repousse, pourquoi nous condamner ainsi ?

LA GORGONE. — Ecoute, Titan, mes dernières paroles : la guerre à laquelle le destin nous oblige n'a point de beauté et de charme. C'est une lourde charge qui blesse notre raison. Troublés et solitaires, nous voudrions le calme bienfaisant et les simples désirs. La terrible Gorgone devant laquelle fuit ce qui a la grâce, aime la brise et les fleurs douces et les paroles qui s'envolent comme des papillons... Dans mon ardente solitude je rêve les mains douces d'adolescents, leurs amours sans portée et leur tendresse que le feu des ombres n'ait pas brûlé. Or, tu es déjà trop loin de l'éloquence qui berce ; ta parole fulmine. Tes lèvres brûlées me rappelleront ma douleur. Tes étreintes me feront penser à mes angoisses. Titan, tu t'approches vers moi comme on s'approche vers les gouffres... En tremblant, tu recueilleras mes caresses et tes yeux chercheront autre chose...

PROMÉTHÉE. — Vérité, tu me blesses.

LA GORGONE. — Cependant, toi aussi, tu aimes la maîtresse que les immortelles douleurs n'ont pas atteinte... Tu aimes Hésione au regard limpide et au front d'enfant. La douce Océanide en servante aimée calmera mieux l'ardeur de ton âme. . Ses mains frêles apaiseront ta chair endolorie.. Sa chevelure en t'enveloppant voilera les cieux et son babil te fera oublier Zeus et les combats...

Adieu ami... Je vais chercher les murmures des juvenceaux et leurs soupirs ardents...

(Gorgone s'en va. Prométhée tombe sur le rocher. La scène est vide. Prométhée se réveille.)

PROMÉTHÉE. — Je rêvai ! J'entendis de terribles paroles... Je vis fuir Gorgone, Pan et Sphinx. Les grands maîtres des nuits sacrés m'ont abandonné en disant de justes paroles. Et d'autres aussi ont fui ! Ceux que le soleil de l'Olympe atteint ont eu peur de moi !

Le Sphinx et la Gorgone m'ont quitté... Je reste seul ! La guerre appelle la douleur ! La servitude doit souffrir !.. Ah... Dans cette solitude je n'ai pas d'autre amie que ma propre souffrance... Sur la cime il n'y a pas de paix... Cependant...

(Entre Hésione, cheveux épars, et tombe aux pieds du rocher.)

PROMÉTHÉE, *avec étonnement*. — Hésione ! Qu'arrive-t-il ? Que signifie cet effroi ?

HÉSIONE, *se tait et sanglote*..

PROMÉTHÉE. — Parle ! J'ai l'habitude des désastres.

HÉSIONE. — Maître ! les êtres que tu as créés et pour lesquels tu souffres, m'ont chassée pour ne pas désobéir aux ordres de Zeus.

PROMÉTHÉE. — Misérables !

Fin du prologue

ACTE PREMIER

L'Amour d'Hésione

SCÈNE II

HÉSIONE. — Entends-tu le chant glorieux de ceux qui t'ont abandonné.

PROMÉTHÉE. — Hélas! Vers les cieux montent leurs prières mélodieuses. Déjà Il triomphe là-haut!.. Mes plaies pourtant ne sont pas encore fermées et demain, de ma chair, je paierai le tribut vulgaire.

HÉSIONE. — Les hommes n'étaient pas dignes de tes bienfaits. Ils nous ont outragés.

PROMÉTHÉE. — S'il n'y avait eu que leurs outrages!

HÉSIONE. — Prométhée, ô bien aimé! Mes oreilles souffrent encore de leurs blasphèmes. Ils t'ont traité d'indigne aventurier, de criminel sacrilège.

PROMÉTHÉE. — S'il n'y avait eu que cela!

HÉSIONE. — Et quand le feu a embrasé leurs demeures, que d'injures ont-ils proféré contre moi!

PROMÉTHÉE. — Que je souffre!

HÉSIONE. — Ils ont envahi ta maison. Ils ont éteint le feu de l'âtre.

PROMÉTHÉE. — Ils ont souillé même l'autel sacré des aïeux?

HÉSIONE, *avec colère.* — Infâmes! Hier ils te glorifiaient. Hier ils allumaient d'immenses bûchers en ton honneur et se prosternaient devant la montagne où tu pleures. Ils menaçaient Zeus et Apollon! Ils te faisaient égal à Celui qui ordonne. Ils t'annonçaient Phébus.

PROMÉTHÉE. — Imprudents!

HÉSIONE. — Et ce soir toute la joie a disparu. Une étincelle égarée à brûlé leurs granges et a rempli de terreur leurs âmes avilies.

PROMÉTHÉE. — Malheureux hommes.

HÉSIONE. — Ah ! Pourquoi ne suis-je comme Athéné la toute puissante qui rend déments les cœurs infidèles ! Pourquoi ne suis-je comme Poseïdon qui sème l'effroi parmi les traîtres !

PROMÉTHÉE.— Le malheur, femme, met dans ta bouche aimable de rudes et vengeresses paroles. Femme, ne blesse pas par des injures tes lèvres admirables.

HÉSIONE. — Amant, tu souffres et je ne puis rien ! Je voudrais venger les outrages et apporter à mon maître les lauriers qu'ils ont ravis.

PROMÉTHÉE. — Laisse, laisse l'inutile gloire.

HÉSIONE. — Prométhée, noble Prométhée, ils t'ont renié ! Prométhée, amoureux des lumières, on t'a traité d'infâme ! Fils de Thémis, ta demeure est souillée.

PROMÉTHÉE. — Je n'ai plus de demeure !

HÉSIONE. — Et moi, l'amante de celui qui a allumé leurs foyers, j'étais injuriée et battue... Malheur ! (Elle sanglote.)

PROMÉTHÉE. — Comment, ô douce Maîtresse ! Ils t'ont battue, les hommes ! (Avec colère.)... Misérables...

HÉSIONE. — Ecoute ma voix dolente, maître ! Ils ont envahi notre claire demeure, là-bas. (D'une voix très douce.)

PROMÉTHÉE, *en murmurant*. — Là-bas.

HÉSIONE. — Aveugles de colère, menés, sans doute, par l'infatigable Zeus, ils ont pénétré dans (Emue) le gynécée.

PROMÉTHÉE, *avec colère*. — Ils ont osé.

HÉSIONE. — Ta femme a entendu leurs appels insensés, et pour sauver tes droits, en hâte, a baissé le voile sur sa figure attristée...

PROMÉTHÉE. — Amour, que tu es sacré !

HÉSIONE. — Ils ont arraché cette unique défense de la femme du Titan. Ils m'ont chassée de la maison. Ils ont crié : Va-t-en, semence maudite !

PROMÉTHÉE, *avec force*. — Et je suis là ! Je suis là, impuissant à venger cet outrage ! Je suis là, enchaîné au roc froid et je ne puis écraser de mes mains les lâches qui ont battu ma charmante maîtresse. Ah ! Zeus ! Zeus !

HÉSIONE. — Malheureux amant ! Ils savaient que, pour des siècles, tu es enchaîné à cette pierre maudite. Ils le savaient et ils disaient, en ricanant : Qu'il la garde donc, le fier Titan! Enhardis par l'impunité ils ont aggravé leur crime par des maux mesquins.

PROMÉTHÉE. — Quelle honte! Hermès l'a prédite. Oh! Tu as vaincu, Zeus! Je sens que tout s'effondre... Tout! Le ciel froid souffle l'outrage et l'infidélité! Zeus, tu as vaincu. Le Titan sanglote et te prie de lui envoyer ta foudre toute puissante. (Il remue ses chaînes.) Zeus, maudit et cruel! Le chien défend sa chienne à coups de dents. La colombe à coups de bec défend sa couvée. Seul je ne puis offrir à mon épouse un abri contre l'ennemi vulgaire. Ah! Ta prudente colère a tout pesé, et ton châtiment est si lourd à porter, Zeus, maudit... maudit.

HÉSIONE. — Regarde mes yeux en larmes. Je souffre... Mais, déjà une voix mystérieuse murmure que je serai, pour toujours, près de toi, mon divin amant. Écoute, Seigneur! Chassée, battue et couverte d'outrages, je reste à toi, fidèle et soumise. Parle! ordonne! Hésione te remplacera ces hommes et saura, peut-être, par sa mourante douceur, écarter le bras cruel de celui qui ordonne.

PROMÉTHÉE. — O voix lointaine! Pourquoi faut-il que je sois toujours pleuré.

HÉSIONE. — Qu'importe, amant! Hésione te donne sans regrets ses yeux et son sang. Quant à son cœur, tu l'as déjà pris...

PROMÉTHÉE, *la saisit par la main et montre les cieux.* — Tu chantes la mélancolique mélopée d'aimer. Mais là-haut, il rit de nos vaines colères, de nos amours désespérées. Et, sans doute, il va entasser bientôt injure sur injure, honte sur honte, pour enlever à Prométhée tout courage... Et alors que ferai-je! Il ne restera plus dans ma mémoire que des regrets,.... des regrets qui bientôt vont plonger leurs griffes dans mes yeux, dans mon cœur, dans mon cerveau. Douleur! Ce moment sera le plus terrible car l'âme qui regrette n'ose même espérer.

HÉSIONE. — Vaines sont tes alarmes, amant inquiet! Regarde, Zeus est loin. Le ciel est calme et l'Olympe est déjà couvert de nuages. Zeus rêve, sans doute, à de nouveaux méfaits, et a oublié Prométhée et Hésione.

PROMÉTHÉE. — Oublié! Tu crois qu'il a oublié même ma vie, même le châtiment qu'il m'a octroyé? Non! Non! Ce serait indigne et hors de toute justice. Serais-je donc si peu?

HÉSIONE, *s'approche.* — Calme-toi, pauvre Titan. Permets à ta femme éplorée de faire sa sainte besogne.

PROMÉTHÉE. — Laisse couler le sang. Laisse pourrir cette chair vaincue. Pourquoi veux-tu de tes mains ranimer ce qui meurt déjà!.. Oublié! Le ciel est serein. Zeus ne pense plus au Titan déchu, et seuls parfois les hommes lui rappellent, dans leurs hymnes dociles, que quelque part sa justice infaillible a cloué au rocher l'audacieux qui au brasier divin a volé l'étincelle. (Silence.)

(Hésione essaie de laver les plaies du Titan.)

PROMÉTHÉE, *d'une voix fatiguée.* — Laisse, Hésione! A quoi bon me plaindre? Va avec eux. Va avec tout ce monde qui me maudit. Prométhée vaincu est voué à l'oubli. Pourquoi le tortures-tu encore avec ton amour charitable. Va-t'en pour ne pas tourmenter par ta compassion ma pénible agonie.

HÉSIONE. — Amant! Tes paroles ont l'âpre saveur des larmes. La douleur trouble tes regards. Mais pourquoi faut-il qu'un cœur malheureux repousse l'amour? Ne chasse pas Hésione. Pourquoi t'efforces-tu de mépriser l'humble servante qui lavera tes plaies?

PROMÉTHÉE. — Femme! L'amour ne se repose jamais à l'ombre de l'infirmité. Depuis ma défaite, tu n'es plus la douce maîtresse, ni moi le dompteur de ton âme. Je ne suis rien, rien! A peine, le souvenir de ma grandeur d'autrefois fait tressaillir ton cœur, et la raison timide prend pour de la passion l'humiliant respect de la douleur. Maîtresse aux yeux doux! Crois-tu que c'est ainsi que parlent les amants! Regarde, regarde bien! Qui sommes-nous? Tu es la pauvre femme en pleurs, avilie, bannie, battue; et je suis un infirme qui blasphème et maudit, qui en vain provoque au combat cieux et terre! Est-ce là le langage mystérieux d'aimer!.. Des regrets, de vaines menaces et de l'amertume, telles sont nos prières amoureuses.

Ah mon amie! En vain j'appelle tous ceux qui règnent sur les hommes; l'altier Zeus, le doux Apollon, l'obscur Hefaïstos, Poseïdon si inquiet. Ils ont oublié déjà Prométhée. Tels les murmures d'humbles roseaux que le vent caresse, mes grandes menaces se perdent dans les airs. Que de honte!.. Tout m'outrage: ta main bienveillante, ton front soucieux, ton regard soumis, tes cheveux épars! Tout m'outrage, jusqu'à ce ciel froid et ces campagnes où Zeus règne de nouveau.

HÉSIONE. — Laisse les vaines batailles. Hésione est ta servante docile. Ordonne et elle suivra ta parole. Faut-il baiser tes lèvres ardentes? Peut-on, maître, caresser tes cheveux d'ébène? Puis-je, doucement, laver la poussière de ton front? Oserais-je, seigneur, porter à ta bouche ce peu de raisin?

PROMÉTHÉE. — Hésione, tu brises le pauvre cœur. Et dire que des êtres cruels t'ont battue! Pauvre, pauvre enfant. Pourquoi te fais-je souffrir? Approche-toi! Approche-toi encore. Donne ta main. Oui, comme cela ! Ah ! la petite main, qu'elle est chaude. Battue !.. Dis-le, maîtresse ! Leurs bras sacrilèges ont-ils atteint ton front... Non, il est pur ! Est-ce sur tes épaules... Dis ! Où ont-ils porté leurs mains ? Ah ! malheureux Titan ! Malheureux...

HÉSIONE. — Calme-toi ! Les plaies que fait la foule des lâches s'effacent vite. Donne tes lèvres, amant. Les blessures de l'amour sont plus profondes que toutes celles qui pourraient atteindre mon corps.

PROMÉTHÉE. — Hésione, mon âme aimante. Parle ! Que t'ont-ils dit ? Quelles injures t'ont-ils jetées ces hommes, ingrats et félons ?

HÉSIONE. — Depuis que je te vois, j'ai tout oublié et je ne veux entendre que la parole de mon amant au cœur douloureux.

PROMÉTHÉE. — Viens, ô mon soleil !

HÉSIONE, *s'approche.* — A quoi bon ces souvenirs ! N'as-tu donc rien à dire ? As-tu oublié nos chants d'amour ? Prométhée ! Il y a encore, dans mon cœur, du sang à toi. Bois-le ! Et celui-là, Zeus ne te le ravira jamais.

PROMÉTHÉE, *veut l'étreindre.* — Ah ! cette chaîne ! Je voudrais te tenir près de moi, comme autrefois. Je voudrais te sentir là, près du cœur, entièrement à moi .. Je te voudrais encore comme autrefois, amoureuse de ma force virile, de mon courage divin... Te rappelles-tu, maîtresse, la joie de cette foule là-bas, les danses exécutées à ma gloire, les autels où fumaient les offrandes, faites pour ma maison ? Et aujourd'hui..

HÉSIONE. — Chasse ces souvenirs ! Qu'importe ce passé glorieux. (Elle essuie une larme.)

PROMÉTHÉE. — Tu pleures, amante. Tu pleures le Titan. Oh ! le cœur de la femme ne saisit pas ses propres accents. Sache, noble maîtresse, que ton amour sanglote et que malgré toi, dans l'amant vaincu, tu aimes le Titan d'autrefois qui, à l'heure présente, souffre et gémit.

HÉSIONE. — Éloigne ces soupçons sans éclat. Ne suis-je pas près de toi, toujours la même, toujours Hésione, la tienne éternellement, la tienne entièrement ?

PROMÉTHÉE. — La mienne ? Douleur ! Mais sache donc que le cœur que la larme ronge aime autrement que le cœur que gonfle la joie. Sache la loi fatale ! L'amour de la suppliante ne ressemble pas à l'amour de celle qui avec orgueil contemple l'amant plein d'éclat et de puissance. Or, que suis-je ? Zeus ! Zeus ! Tu m'as ravi la terre, le repos, les cœurs. Tu as soulevé contre moi mes hommes et tu as eu l'indigne cruauté de laisser intacte dans cette tempête la frêle fleur de l'amour ! O Aphrodite, déesse de la suavité ! Je n'aurais jamais cru que comme les hôtes de l'Olympe tu savais aussi outrager les Titans déchus. (Hésione éclate en sanglots et murmure en se pressant contre Prométhée.)

HÉSIONE. — Seigneur ! Grâce, ne me tourmente pas. Grâce !

PROMÉTHÉE. — Ne pleure pas ! Ma raison s'égare. La folie fait proférer de méchantes paroles. Je blasphème, amante. Ah ! le blasphème est devenu mon unique langage ! Viens, approche-toi ! Approche-toi et adoucis ma cuisante détresse... Hésione.

HÉSIONE. — Maître, la servante, à tes pieds prosternée, embrasse humblement tes genoux. Prends la malheureuse qui implore ton amour. Prends Hésione qui sans toi ne verra plus le soleil et portera aux enfers sa tristesse.

PROMÉTHÉE, *pose sa main sur la tête de la femme... la nuit tombe doucement, les étoiles paraissent dans les cieux.* — Repose ta tête sur moi, mon âme. Donne ta main, amante.

(Silence. L'obscurité gagne peu à peu la scène, seul le rocher est éclairé par une lumière faible.)

PROMÉTHÉE. — La nuit se lève déjà. La brise répand le calme dans mon corps. Hésione ! Que le Titan est las ! (Doucement.) Je ne pleure pas, maîtresse, les outrages des hommes et les cruelles méchancetés des dieux. Mais je sens le froid glacial pénétrer mon âme. La mort comme une pieuvre s'épand dans mon sang et peu à peu engourdit toute vigueur et trouble le regard, hier si clair encore.

Tu m'écoutes, enfant ! J'ai besoin de sentir que mes paroles ne se perdent pas là-haut... (Avec égarement.) là-haut où il demeure...

HÉSIONE. — Parle, maître !

PROMÉTHÉE. — Si dans cette poitrine il y avait un peu de feu, que pourraient la versatilité des foules et leur infâme lâcheté ! J'aurais le courage, quand même, de maudire et peut-être malgré ces chaînes, aurais-je grimpé là-haut, jusqu'au soleil ! Qui sait ! Si dans ce cœur la vie palpitait encore, j'aurais pu parler et rallumer de grandes haines et de belles colères ! Peut-être aurais-je de nouveau réuni à mes pieds les hommes anxieux et les aurais-je raffermis ? Mais je suis si las ! Zeus a étendu, devant mes yeux, les immenses horizons bleus. Tout seul, souffrant, immobile, pendant de longues heures — heures interminables — je les ai contemplés.

Devant ces gouffres infinis, si doux, si paisibles et (Avec effarement.) tellement silencieux, je ressentis la petitesse disparate des foyers allumés de ma main, (Lentement.) je ressentis l'inutile orgueil et la fatale destinée...

(La nuit devient plus obscure. Le ciel s'éclaire au loin. Hésione est à peine visible. Seul, le buste de Prométhée est éclairé.)

PROMÉTHÉE, *d'une voix profonde.* — Zeus ! Qu'étais-je donc devant l'impérissable ordonnance des cieux ? Qu'étais-je, moi, le voleur du feu ? Les vents, les étoiles, les ténèbres, la lumière naissent, avec un ordre admirable, dans les abîmes célestes. Ombre par ci, lumière par là, gaieté dans un coin, tristesse dans un autre, fleurs, ivraie, grain, désastres et joies, mort et naissance, tout s'arrange dans l'immense domaine de ta sagesse et rien ne peut vivre, hors de l'ordonnance. Cependant, moi Titan, j'ai voulu jeter aux hommes ce qui était destiné aux dieux ! Poussé par l'orgueil facile et par la capricieuse raison, j'ai oublié que les Titans n'étaient ni des dieux ni des hommes, mais des médiateurs dans le grand festin. Et moi, fils maudit, j'ai voulu être dieu à mon tour et lutter contre Zeus, non plus comme homme indocile ou Titan égaré, mais comme égal à celui qui règne sur le monde. Folie ! Triste folie !

Pour la risée des siècles, je suis devenu humain par le cœur et divin par la durée : le Titan malheureux, immortel, damné, le voleur de l'étincelle, le brigand des lumières, qui implore la nuit de le couvrir de ses ailes.

HÉSIONE. — Prie, prie mon amant ! Le ciel t'entendra !

PROMÉTHÉE. — Non, Hésione ! La vaine prière ne souillera pas mes lèvres. Zeus a besoin de mon désespoir et non de ma soumission. Il faut que je reste sur le rocher, maudissant et blasphémateur, afin que ma révolte inutile atteste son immortelle sagesse. Car Hésione, lui seul a droit de vivre en raison. Lui seul est la sagesse. Moi, le Titan insoumis, traître devant les dieux, je n'avais pas droit d'apporter aux hommes les ordonnances divines. Les dieux savent restreindre la sagesse. Ils savent parfois folâtrer et errer. Ils peuvent, dans leurs demeures, manier la foudre et écouter les caprices du cœur. Les hommes ne sont pas faits pour ces terribles luttes. La sagesse les écrase, lorsqu'elle les atteint. La sagesse les épuise, les torture ; elle bouche leur cœur, détruit leur instinct de vie et arrache leur charme. — Aussi, en leur donnant la lumière je leur ai donné l'amertume et le châtiment. — Tantpis ! Zeus n'a rien perdu. L'amertume et l'indocilité des hommes raffermissent sa sagesse. Quand à moi, je souffre. Et cela durera jusqu'au jour où Zeus voudra, pour l'enseignement des hommes, calmer mes douleurs en me jetant sur les routes ardentes où j'aurai à exécuter des peines inutiles... (Le vent se lève et siffle à travers la scène.) Ah ! le bon vent. Il m'apaise. Où es-tu amante ! Où es-tu ? Je ne vois plus ! Parle ! Je m'égare. Ces paroles rouillent mon âme. Où es-tu ?

HÉSIONE. — A tes pieds je pleure, maître ! Permets à celle qui t'aime de parler à Zeus, et certes sa sagesse ne se détournera pas de moi. Laisse-moi pleurer encore. Je sens qu'il nous entendra.

PROMÉTHÉE. — Malheureuse enfant ! L'amour, même le tien ne vaincra pas l'inflexibilité du destin.

HÉSIONE, *se lève*. — Laisse ta maîtresse prier ! L'amour est la graine divine. Par lui, j'arriverai jusqu'à Zeus, jusqu'aux Parques... jusqu'à l'inconnu. Et vaincue par l'amour, j'adoucirai aussi les ordres infaillibles du destin. Laisse Hésione à ses larmes !

(Silence, Hésione disparait derrière le rocher

SCÈNE III

La nuit. Le rocher de Prométhée est faiblement éclairé. Derrière, à l'horizon l'aube commence à luire. Des étoiles scintillent. Les roches se détachent sur le fond. Quelques arbrisseaux, des pins garnissent le tertre. Prométhée est seul. On entend les chants d'Ouranos graves et mélodieux, et les cantates symphoniques de Zeus. Les sons viennent de deux côtés opposés, alternent et dans les moments pathétiques du monologue se confondent.

PROMÉTHÉE, *parle lentement*. — Et voilà ma nouvelle solitude ! La nuit traîne déjà ses flambeaux vers la mer. L'aube bleuit au loin. Le village sommeille bercé par le rêve. Hésione dans les ténèbres implore Zeus. En face des abîmes, je demeure seul, toujours seul... (Silence.) Et pourtant j'ai passé ma vie dans de cruels combats et j'ai su refréner les injustices des dieux et des forces. La solitude n'est pas de mon essence ; seules les rigueurs du Destin éloignèrent de moi ce qui vit.

Un jour, jour malheureux, j'ai eu la vision de l'être humain.

Mes doigts qui avec art maniaient l'immortelle matière, cette fois ont pétri une pauvre et dolente créature. La tendresse m'étreint encore au souvenir de ce jour maudit et si beau ! L'homme, entre mes mains, était né. Du limon je l'ai fait, du limon boueux, plein de semences.

Il était si innocent et si faible, celui que ma chimère a conçu ! Ses yeux me contemplaient avec effroi et, indolent, il tendait vers moi son bras chétif, comme pour implorer un abri.

Quand j'ai vu la malheureuse créature jetée ainsi à travers les immenses éthers, je l'aimai et je soufflai dans sa poitrine un peu de ma vie et de ma force. Dès ce jour je ne m'appartenais plus.

L'homme prit ma raison et mon cœur. Je l'aimai et je souffris pour lui... (Avec attendrissement.) Il était si faible !

O Justice, ma mère ! Je modelai de la boue et, entre des grains de sable, je déposai mon âme. L'homme était né. Mais le Titan perdit son regard limpide, car depuis la naissance de celui que j'aimais, j'appris à pleurer, à craindre et à haïr.

Je ne pouvais plus, comme autrefois, contempler avec sérénité, les cieux et la terre et la vague. Le soleil souvent me semblait trop farouche. Et je crus parfois la nuit trop sombre et le vent trop sévère et le ciel trop calme. O grève si douce de la mer mélodieuse, que de blasphèmes t'ai-je confiés au crépuscule quand inconscient et las Il dormait ..

Maintenant que suis-je ? Zeus n'a osé bénir l'œuvre du Titan, car elle était immortelle.

Courroucé et jaloux, il a assemblé contre moi les dieux et il m'a enchaîné à ce roc. Puis, mon œuvre,... mon œuvre fut abandonné à tous les hasards.

J'ai donné la vie au limon ; je lui ai donné mon souffle ; je l'ai comblé des dons immortels.

L'homme créé par moi est devenu le plus beau joyau parmi les êtres.

Or Zeus l'a pris ! Le sublime tyran ne se refuse rien et son pouvoir jaloux s'empare de tout ce qui est immortel.

L'homme a reçu mes présents ; il s'est paré de mes biens ; mais troublé par ses richesses, il est allé supplier l'autre de lui donner la place sur cette terre.

Que pouvais-je alors contre la destinée ? Que pouvais-je, moi le Titan enchaîné ! Moi le prodigue !

Toutes mes souffrances et tous mes rêves ne sauraient changer la loi fatale. Celui qui crée n'est point père de son œuvre ! Je n'étais, ô malheur ! que le Titan généreux. Que pouvait l'homme sans l'ordre du père ! Que pouvait l'homme chargé de biens s'il n'avait pas de place dans ce monde et si la solitude devait le menacer. Livré à moi, la créature dolente était seule et contre tout, car je ne savais pas lui indiquer sa route parmi d'autres routes et sa place à côté des autres créatures. La peur de la solitude engendre la trahison. L'homme m'a abandonné et est allé vers le maître du monde qui l'a fait entrer dans l'immense famille régie par l'ordre...

Que suis-je alors !

... Je semai l'amour et la justice. Je combattis les éléments aveugles ; je soufflai de la vie dans les mers et les rochers ; je fis surgir des moissons et allumer les foyers. Et pourtant je suis si peu...

Zeus ne crée rien. Il accumule forfaits sur forfaits, violences sur violences. Cependant, lui seul ouvre aux solitaires créatures les portails de l'univers.

Toutes mes œuvres m'échappent. Mon sang n'est plus à moi, ni mes regards, ni mes passions.

Et toi ô chimère, merveilleuse amante, tu n'es qu'une horrible folie de mon âme meurtrie.

Où sont mes dons divins ? Qu'ai-je fait de la science secrète ?.. Je sais mesurer le temps, je sais prévoir ! Et pourtant mon regard n'est pas clair, je porte des traces de violence, ma bouche maudit et mon cœur sanglote !

Même le don des aïeux, ce don divin m'échappe, et toi ô temps, que je connais, tu fuis.

Faut-il que l'ordre soit puissant ! Ne suis-je donc pas d'essence divine ? Est-ceque Zeus ne m'implora pas de lui annoncer sa destinée ?

Je fus plus sagace que lui pour prévoir. Cependant il règne et je suis enchaîné. Je fus plus riche que lui et je créai des êtres merveilleux. Cependant il domine et je pleure. Je vécus, toujours, pour l'immensité et je collaborai de mes conseils à la marche de l'univers. Mon âme ne connut jamais la faiblesse. J'ignore l'âpre joie de la trahison. Cependant Zeus tient la foudre et l'ordre du monde demeure.

Je n'ai pas eu les défaillances du fils de Kronos, ni ses convoitises, ni ses ruses, ni ses cruautés. Mes regards austères plongeaient dans l'inconnu du temps, je devinais les secrets des plantes et des sources, je savais aimer de toute mon âme.

Cependant il règne et même Hésione fuit auprès de ses autels.

Que suis-je alors ? A quoi bon cette passion ?

Et pourquoi haïr ? Et pourquoi aimer ?

Zeus se dresse, toujours fier et si lointain.

Il a droit sur les hommes et les dieux. Il maîtrise le temps qu'il ignore ; son pouvoir s'étend sur des abîmes célestes et d'immenses contrées que son œil n'a jamais explorés.

Ah ! Ne suis-je pas plus digne que lui ?

Devant la vie je n'apporte pas sa cruelle sérénité ; mes passions volent avec les vents, et j'aime, j'aime les créatures. Je suis plus près de la justice que lui !

O Thémis ! Et toi Kronos, dieu sombre ! Et vous, ô parques inflexibles, tendez vos mains à celui qui sait et qui aime... (Lentement.) Peut-être, faut-il que je souffre ?

Peut-être trouvera-t-il sa fin dans mes douleurs ?.. Mais alors... O ténèbres !

(Prométhée regarde devant lui et parle d'une voix sourde d'halluciné.)

Déjà Kronos me parle. Il soulève le voile, impénétrable pour les dieux, mais qui s'écarte pour moi.

« Zeus règne. Des foules sombres se lèvent. Elles viennent,
» écumantes et pleines de menaces. Ce sont d'innombrables trou-
» peaux humains. La maturité les a assagis. Les longues souf-
» frances les ont assouplis. Ils ont perdu leurs regards douloureux.
» Ils n'implorent plus. Ils luttent. Zeus consterné lance foudre sur
» foudre. Les mers débordent. Les rivières quittent leurs lits. Les
» rochers s'écroulent. Les vallées sont embrasées. La tempête en-
» vahit l'univers. Les hommes, mes hommes, sur un fragile canot
» se sauvent. Ils sont menés par l'adolescent, plein de lumière et
» de joie. Ils dominent déjà le vent. La voile s'enfle. Ils naviguent
» vers la terre et ils chantent. »

La nuit envahit le monde. Je ne vois plus rien. (Il se tait.)

Mais voici un point lumineux là-bas à l'horizon. La tache grandit... Dieux ! Je vois...

« Tout est calmé. Sur la colline, un vieillard est assis et sur la
» harpe, aux cordes d'or, intone un chant. Apollon paraît, somp-
» tueux, sur son char. La paix renaît... (Silence.)

(Il parle lentement.) Mais Zeus est-il vaincu ?

Pourquoi ces ténèbres m'ont-elles empêché de suivre la lutte ? Zeus a-t-il succombé ? Qui règne ? Et moi, où suis-je ? Que de questions troublantes et combien peu de réponses !

La vision a disparu. Kronos a baissé le voile et je ne saurais plus rien deviner... Ainsi, même ce don n'est pas suffisant pour éclairer le destin.

Que suis-je ? Que suis-je donc ?.. Créer, aimer, savoir... et finalement être si peu !

La lutte pourtant n'est pas finie. Derrière les clartés éteintes, le sort travaille et construit, car, ô dérision ! pour continuer sa tâche il n'a pas besoin des flambeaux.

... Les hommes m'appartiennent, Kronos l'a dit ! Et c'est la justice ! Je ne mourrai pas sur ce rocher, je descendrai encore dans la vallée.

Peut être viendront-ils me délivrer ? Ah non ! non ! Les hommes n'oseront pas. Ils craignent, ils adorent, ils haïssent. Ils ne sauront défendre leur créateur... Prométhée sera de plus en plus solitaire. Son labeur devient si incommensurable que seule encore la vanité est capable de l'aimer.

Puis-je ainsi vivre en eux et pour eux ! Meurtri, outragé, attaché à la besogne stérile, ombre au soleil, torche dans la nuit, irai-je vers eux, même libre ?

Non ! Je suis trop las et tout est inutile. Qu'ils viennent, les moments de ma victoire. Que Zeus succombe. Qu'un ordre nouveau naisse... Je n'aimerai plus ces vagues qui passent... Je veux songer devant l'infini et parfois sangloter...

J'ai trop regardé la fatale ordonnance et mes dons imparfaits.

Je sais, oui ! je sais que je ne serai jamais maître des dieux et des hommes. Ah ! Je ne suis qu'un pauvre Titan, ombre au soleil, torche dans la nuit ! Je ne suis que la misérable raison clairvoyante et douloureuse ; je prévois et je souffre, je sais et je pleure.

O Zeus ! Règne, meurtris le monde. Prométhée ne te troublera plus. Enchaîné à ce roc, il sait que sa délivrance est proche. Mais qu'importe tout cela ! Le Titan a compris que le soir, la nuit, l'aube et le plein midi se suivent inflexibles et que par son amour il ne changera rien. Tout fuit. La musique des heures domine tous les tonnerres du monde. Le rêve vole au-dessus de toutes les existences. Et cependant, les heures sont infinies et les rêves s'évanouissent...

Au fond de la mer pleurent des vagues prisonnières ; dans les cieux, des astres s'égarent : dans la montagne, le feu gémit. Et cependant, après l'hiver vient le printemps, et rien ne se perd et tout s'en va...

Ma raison aimante n'embrassera jamais les innombrables papillons que le soleil fait éclore. Je ne saurais pas adorer tous les aigles et de nombreux couples de colombes me resteront inconnus.

En vain je chercherai, en vain j'essayerai de comprendre.

Il y aura toujours d'immenses clairières que j'ignorerai et des étoiles et des herbes et des sources. Mon esprit se lassera. La bouche oubliera la malédiction. Le Titan deviendra peut-être mendiant des routes. Et cependant, à l'aube se lèvera le soleil.

Destinée ! Destinée ! Au-dessus de moi, au-dessus de Zeus plane le père de tout : le temps. Et celui-là nous dévorera même dans l'immortalité.

Destinée ! Destinée ! Agir ! Agir pour les clartés ! Troubler la vie pour le bonheur ! Aimer ! haïr ! L'onde passe et rien ne demeure ! Seule l'heure fatale suit l'heure. Agir même contre toi Zeus ! te livrer à tes faiblesses ! te vaincre ! Que m'importe ?

Le temps est l'unique triomphateur.

La vague qui murmure, le rayon qui frémit et toi, dieu de l'ordre et moi, nous mourrons dévorés sans cesse par l'instant que rien ne lasse.

Règne ! quant à moi, je voudrais dormir.

Oui ! qu'elle s'en aille la chimère cruelle.

Le Titan veut aimer sur ce rocher, aimer simplement et s'assoupir...

Hésione ! Hésione ! Prométhée est délivré parce qu'il n'a plus besoin de liberté.

Ah, la douce océanide ! Chante, chante la berceuse. Je t'aimerai et je songerai et je me dissoudrai dans tes caresses. (Il appelle.)

Hésione !... Pauvre cœur si fragile ! Je regrette maintenant les heures que je t'ai volées pour les donner aux dieux, aux hommes, aux chimères... Seule, ô fille de l'océan limpide, tu m'as apporté de douces chaînes, des sourires et quelques fleurs.

O suave amante !

Je pleure les instants perdus, loin de toi, et je voudrais être emporté enfin par le flot écumant de la passion pour m'effondrer dans les abîmes de tes yeux. (Il appelle.)

Hésione, laisse les vaines prières. (Il écoute.)

Ah ces hymnes ! Les chants horribles ! Maudits soient ceux qui les récitent. Je suis donc livré à toutes ces humbles défaillances, et la bouche de mon aimée prononce des paroles inutiles.

Hésione ! Ne sais-tu donc pas que la prière, même la tienne est vaine. Le destin règne et je sais que rien ne le changera.

Femme ! tu as fui pour m'aimer... Tu es allée implorer le mensonge. Cependant le temps me confie ses secrets et je connais ma destinée. Hésione est là-bas ! Elle a douté de ma science ? Hésione se prosterne pour prier contre moi. (Il rit.) Ha ! Ha ! Ceci est de l'amour. L'être charmant et si doux enlève à l'amant le plus précieux cadeau des dieux. Ma colombe s'est envolée pour déposer à l'autel de l'Autre la feuille de laurier arrachée à mon front.

O ! le moment est grave ! D'horribles clartés m'envahissent ! Le dernier espoir s'effondre ! Maudite, maudite raison !

On peut aimer, se vautrer dans les caresses ; on peut oublier ; mais la raison vigilante, mesquine et véridique sans grâce, crie : on t'aime en prenant ton âme ; on t'aime dans tes infirmités ; pour te posséder on t'enlève le parfum d'immortelle fraîcheur. Ah ! même l'abîme de l'amour est comblé de fiel qui déborde... Hésione trahit !

Zeus ! Zeus ! Je te maudis. Non, ma démence ne prend pas fin encore. Elle se réveille, elle bondit. Je ne me tairai pas et le songe caressant en se penchant sur mes prunelles s'enfuira épouvanté.

Temps et toi ô Justice ! Je serai docile à mon cœur. L'immensité de ma détresse me jette hors du monde. Je me sens enfin égal à lui.

Oui ! La passion pour les hommes créés de mes mains m'a attaché à cette terre. L'amour m'a enchaîné aux prés verdoyants. Sage et aimant, j'étais moins grand que toi, impur, qui ignores et qui n'aimes pas.

Mais maintenant je renais. Ha ! Zeus ! Je suis comme toi, seul ! Hésione fuit vers les temples. Les hommes me maudissent. Je puis enfin lutter contre toi à force égale, car je n'ai rien à perdre. Tu es au-dessus du monde et moi je suis hors du monde.

Et ton pouvoir et le mien disparaîtront comme cette nuit. Je lutterai, il le faut ! Je lutterai seul... Ah ! ce feu qui brûle ma chair !

Ah ! Ah !.. Je sens des forces qui viennent de la roche où je gémis et de ces chaînes pesantes et de la mer... (Il essaie les chaînes.)

Qu'importe ! Elles tomberont. Le jour est proche.

J'ai voulu dormir ! Non ! Le Titan se lèvera encore.

Les hommes m'ont trahi et la femme que j'ai choisie n'a pas compris ma sagesse. Je lutterai...

J'irai contre toi, ô indestructible et fatale loi que le temps seul ravage, et contre celui qui ordonne et contre ceux qui implorent. Car je ne suis plus de ce monde et aucune douleur ne m'attendrira.

La bonne ivresse de solitude... Enfin, je serai devant toi, seul, avec ma chair palpitante et mes yeux étincelants de colère ! Seul ! Et rien ne m'attachera plus... (D'une voix basse.) Hésione est là-bas et... Il l'a vaincue... (Il s'étend sur le rocher.) Calme-moi, pierre froide. Calme la chaleur qui me consume... Le feu, mon feu va éclater. Le soleil même semblera pâle devant l'ardent flambeau que je lèverai un jour. Et les cieux s'allumeront jusque dans les gouffres que tu ignores, Zeus, et qui existent et qui t'engloutiront, toi, ton peuple, mon amante et l'ordre..., et les clartés... et les horreurs. Ha !

Entends-tu ? Dieu qui ignores et qui n'aimes pas. Entends-tu battre ce cœur qui a aimé ?... Entends-tu, ô impassible !...

Solitude ! Etale tes lourdes ailes. Couvre-moi. Enveloppe-moi, entièrement. Je vais rester loin de tout, soufflant la menace et prêt au combat...

Ha ! Ha ! Ha ! Hésione est là-bas et je voulus aimer. Mais la révolte est la louve cruelle et inassouvie. Elle mangea mes entrailles. Elle arracha mon cœur. Zeus ! entends-tu ? Mon heure est proche... Ce roc m'a nourri.

(Paraissent Hésione en suppliante et le prêtre de Zeus.)

Fin du premier acte

ACTE DEUXIÈME

Délivrance de Prométhée

SCÈNE IV

Prométhée sur le rocher. Hésione en suppliante. Le prêtre de Zeus.

(Hésione et le prêtre s'approchent lentement de Prométhée.)

PROMÉTHÉE, *en se redressant, dit d'une voix forte.* — Loin d'ici !

(Le prêtre, tête baissée, garde le silence.)

HÉSIONE. — Mon époux !

PROMÉTHÉE.— Athéné, éloigne de moi ceux que je ne puis combattre.

HÉSIONE. — Ecoute ma voix suppliante.

PROMÉTHÉE. — Fuyez ! Femme, que viens-tu chercher près de moi ? Et toi, servant odieux, réponds : la joie a-t-elle suffisamment trempé ton cœur devant le spectacle de ma faiblesse ?

(Le prêtre se tait et tend la main vers le rocher. Hésione s'approche et tombe à genoux devant le Titan.)

HÉSIONE. — Je veux te ravoir. Tu appartiens à mon amour. Maître ! que vaut cet orgueil contre la grâce d'aimer ?

PROMÉTHÉE. — Va-t'en, fille de la ruse...

HÉSIONE. — Prométhée ! Permets-moi encore de t'approcher.

PROMÉTHÉE. — Va-t'en ! Va-t'en. Pourquoi l'être que j'ai chéri m'expose-t-il à la risée ! Tu compromettras ma gloire et mon sang pour une étreinte. Tu briseras volontiers ces chaînes peu lourdes pour me ravir à l'immortalité !..

HÉSIONE. — Ne me blesse pas, ami !

PROMÉTHÉE. — Femme ! Hier j'osai devant toi déchirer le sombre voile de mon âme. Je trahis ma solitude. Aujourd'hui tu jettes l'opprobre sur mon cœur. J'ai eu tort! On ne doit jamais livrer aux étrangers la profonde solitude. Depuis que je t'ai montré les lambeaux ensanglantés de mon âme, je ne puis rien contre vous! Ah! que me voulez-vous?..

HÉSIONE. — Amant! Tes paroles me consternent. Regarde! Avec mes ongles je creuse des sillons sanglants dans ces seins... Regarde, seigneur! Regarde, père de mon amitié... mon amant... De mes ongles je marque ce front que tu as baisé autrefois... Que mon sang ait la tendresse qui manque à ma voix.

PROMÉTHÉE, *tend la tête vers Hésione et ricane.* — Ha! De vieux moyens pour émouvoir les cœurs qui flambent? Du sang! Crois-tu donc que le mien n'a pas le pourpre du tien. Réponds, femme! (Il aperçoit la figure décomposée d'Hésione et s'écrie.) Athéné, donne-moi la force! Thémis je te supplie encore... Que vais-je lui dire? Tout brûle en moi. Est-ce l'ardeur de la haine ou de l'amour? Qui saurait le dire? Hésione, arrête-toi! Ecoute, écoute ce rêve.. « Que le servant parte. Quoique enchaîné encore, je t'aimerai. Ma liberté est proche. Patiente dans ta tendresse, comme je patiente dans ma souffrance. Je sais lire les présages. Bientôt ces chaînes tomberont, sans que j'aille implorer l'Olympe. Je descendrai le même, indompté. Je pourrai revivre, aimer, et ma raison ne sera pas souillée par le regret. » Tu m'écoutes, épouse?

HÉSIONE. — Parle, maître.

PROMÉTHÉE. — Oui! J'ai encore à supporter de longues nuits de douleur, des siècles peut-être... et, un jour, Zeus succombera devant moi. Je serai libre, entends-tu, amie! Je pourrai t'aimer, sans reproche et sans tristesse. Mais que le servant s'en aille! Il souille le rocher de ses regards. Il m'invite à la trahison! Il t'avilit! Dis, maîtresse! Il faut qu'il parte.

LE PRÊTRE. — Femme! L'ordre veut que j'exécute la loi. Que désires-tu?

HÉSIONE, *éplorée et indécise.* — Attends! Pars... Non! Que dois-je faire? Que répondre? Dieux, ne tourmentez pas celle qui sanglote. (D'une voix résolue.) Reste! Délivre-le.

PROMÉTHÉE. — Va-t'en!

(Le prêtre reste à sa place. Hésione est prosternée. Silence.)

HÉSIONE, *se lève lentement, s'approche du rocher et parle en caressant Prométhée.* — Epoux, aime Hésione. Les hommes m'ont outragée. Aime Hésione. Je suis la seule créature qui reste près de toi. Les autres sont vaincus. Ils te maudissent. Oublie tes luttes! A quoi bon tous ces combats?

PROMÉTHÉE *la repousse.* — Ne m'approche pas, esclave indocile.

HÉSIONE. — Regarde la nuit! Tout dort. Personne ne songe à pleurer tes douleurs. Bientôt le soleil se lèvera. Les hommes reprendront leurs labeurs, leurs supplications et leurs médisances sans penser à toi. Tu gémiras seul!.. Prométhée, prends-moi. Je te veux libre. Je veux être à côté de toi.

PROMÉTHÉE. — Fille, le fiel suinte de tes lèvres! Crois-tu que je mendie la gratitude des hommes? Mon front n'a pas besoin de leurs couronnes. C'est la loi fatale qui m'ordonne d'agir. J'ai créé en riant, comme l'enfant qui s'amuse.

HÉSIONE. — Seigneur! Que ferai-je dans la vie, sans toi? J'irai sur les routes, éplorée et maudite. Je ne connaîtrai plus ni rire, ni joie, ni larmes si douces. Personne ne m'accueillera, et toi, l'orgueilleux, tu demeureras sur la roche, livré aux vaines douleurs.. Aucune loi n'exige une pareille démence.

PROMÉTHÉE, *avec amertume.* — Parle! Oui.., c'est vrai! Le Titan ne craint pas l'injure des hommes et la menace des dieux. La foudre de Zeus ne l'éblouit pas. Les flammes célestes ne font pas tressaillir son cœur. Mais ta parole futée, et ta feinte douceur atteignent le rude Titan. Et du reste, qu'importe! Il faut être robuste même dans la défaite. Tu changes mon cœur, Hésione. Comme la rouille amollit l'acier, ton amour fléchit mon audace. Tu es seule! Ha! ha! Tu as besoin de Prométhée! Enfant, empare-toi de lui! Prends-le! La honte déjà l'habille suffisamment. Prends Prométhée, déchu et suppliant. Tu le veux ainsi! C'est bien. Je dompterai le Titan pour égayer mon épouse. Je briserai l'orgueil immortel pour faire sourire l'amante. N'est-ce pas, douce maîtresse? Et alors je m'effondrerai en toi... avec ivresse, je m'oublierai. (Lentement.) Je m'oublierai... et tout disparaîtra... tout. Non!.. C'est impossible. La fatalité survit à la faiblesse Même déchu, je resterai Prométhée. Seulement, c'est avec rage que j'adorerai ta chair... Jusqu'au sang, je mordrai tes lèvres. Avec colère, je pétrirai tes seins. Ah! la folie enveloppe ma tête. Hésione, parle encore. J'ai peur de moi. J'ai peur de tout cela (Silence.) Que veux-tu? Et cet être, là-bas, que demande t-il? Je m'égare. Hésione! Viens...

HÉSIONE, *s'approche et murmure.* — Laisse les outrages et cueille ma caresse. Je bâtirai notre demeure sur ce rocher. Le soleil nous bénira. Tu contempleras le ciel infini, les étoiles, les éthers. Je regarderai tes yeux. Dans le silence, nous aimerons avec douceur, follement. Prométhée! Caresse ma joue humide. Oui, merci. Tu m'aimes encore. Tu oublies les autres. Bénie soit ta bonté, Titan.

PROMÉTHÉE, *d'une voix lasse.* — Descends, amie, et fais ce que ton cœur t'ordonne. Moi je ne puis rien vouloir. Je suis las. Je n'ose rien... Tout tournoie: je vais baisser les paupières et appuyer la tête contre la roche. (Il s'appuie contre le rocher et parle lentement, les yeux fermés.) Que désires-tu, malheureuse enfant ? Veux-tu mon silence ? Préfères-tu que je me traîne à tes pieds ? Que veux-tu, enfant ? (Avec plus de force.) Je suis prisonnier. Les chaînes couronnent la cime et comme une amorce le Titan est attaché à l'œuvre d'Hefaïstos. Ne doit rugir celui que le fer flétrit. Seul, le vent indomptable a droit de parler haut. Prométhée attend tes vœux... Commencez vos outrages. Le plus noble parmi les immortels, le plus savant parmi ceux qui dominent les lois vulgaires est impuissant à vous châtier.

HÉSIONE, *descend et, troublée, parle au prêtre.* — Père ! Qu'ai-je fait pour mériter ces cruelles malédictions ?

LE PRETRE. — Laisse s'exhaler son feu funeste. Il brûle ses lèvres. Il faut aussi qu'il altère ton âme. La lassitude fera naître la paix et l'aménité.

HÉSIONE, *en serrant la main du prêtre.* — Maître de l'autel divin, donne à ma douleur la patience nécessaire.

LE PRÊTRE. — L'amour te sauve. Il apaisera toutes ces tempêtes.

PROMÉTHÉE, *relève la tête et montrant du doigt Hésione, dit en raillant.* — Hésione ! Amante au cœur doux ! Quels sont tes ordres ? Faut-il m'agenouiller pour supplier le père des dieux : « Zeus, j'ai erré ! Aie pitié de moi et allonge ma chaîne, afin que « mon épouse puisse m'étreindre sans peine. »

HÉSIONE. — Maître, je souffre. Pourquoi m'injuries-tu ? Que m'importent les hommes, la gloire, le courroux des immortels ! Je ne suis qu'une épouse éplorée et je voudrais que celui de mon cœur me fût rendu.

PROMÉTHÉE. — Femme, tes paroles sont simples. Je ne sais plus lire dans l'immortalité. Peut-être ta naïve passion contient-elle plus de vérité que mes sublimes desseins...

HÉSIONE. — Titan ! Je n'ai pas besoin d'immenses colères ni des luttes cruelles pour sourire. Aime-moi un peu ! Donne-toi à moi comme tu te donnes à l'infini. Par toi, je refleurirai. O maître unique de ma destinée ! Les inquiétudes ont blessé ton âme. Elles ont engourdi ton cœur. Mais abandonne-les ! Reviens à l'amour. Ton regard redeviendra doux, la larme ne rongera plus ma joue et ta lèvre saura de nouveau de profondes caresses.

PROMÉTHÉE, *pensif.* — C'est vrai. Inutile fut cette colère. Vaines furent toutes ces œuvres. Il faut aimer ! Il faut aimer pour soi, en soi, rien qu'en soi. Toi, femme, tu es l'erreur, l'erreur indélébile de l'action. Cependant l'erreur que Némésis a incarné en toi est une bonne erreur. Oui ! Tu es l'immortel provisoire dans la durée infinie... C'est si bon le provisoire quand l'infini est vain,.. Oui ! Il vaut mieux aimer... Mais pourtant...

LE PRÊTRE. — Titan ! Permets aussi de parler à celui dont l'existence est soumise à la règle.

PROMÉTHÉE. — Parle, servant.

LE PRÊTRE, *d'une voix forte et égale, qui s'élève peu à peu.* — Ami infidèle de Zeus ! Rappelle-toi les journées glorieuses, quand uni à Celui qui domine les forces, tu luttas contre les héros. Rappelle-toi, Titan, tes ardentes colères contre les fils du désordre. C'est toi qui menas Zeus à la victoire.

PROMÉTHÉE. — Juste est ta parole. J'ai erré.

LE PRÊTRE. — Non, fils de Japet. Kronos père de Zeus t'offrit le don de prévoir, ta mère apprit à l'Olympien l'ordre et la justice. Unis par les liens profonds, au-dessus des luttes fugaces, vous dominiez les dieux et les hommes. Cela fut l'amitié de la prévoyante sagesse et de la puissance qui ordonne.

PROMÉTHÉE. — Zeus n'a jamais eu d'amitié pour Prométhée. Je le servais.

LE PRÊTRE. — Les servants n'existent pas dans les contrées pures. Par la loi fatale, Zeus portait la couronne et tu cultivais la racine. L'arbre de la vie était verdoyant. Cependant des éléments caducs avaient altéré ton âme immortelle. Tu voulus t'emparer de la racine, et de la couronne et de l'arbre tout entier.

Livré au désir qui dès lors te mène, tu tentas de soumettre l'ordonnance divine à quelque loi frivole que l'esprit entrevoit quand la raison est troublée.

PROMÉTHÉE. — Tu mens, vieillard. La Sagesse et Athéné sont mes amies...

LE PRÊTRE. — Non ! Mécontent, tu fuyais les fêtes olympiennes. Inquiet, tu écoutais le bruit du vent. La solitude devint ta compagne. La vague t'attirait. Les étoiles frémissantes souvent se miraient dans tes prunelles. L'ombre te charmait. Tu cherchais déjà, parmi les puissances obscures, des alliées contre la fatalité. Un jour, tu tramas avec Athéné des complots contre le divin ordonnateur. Tu jetas ton cœur à l'orgueil, à la passion, à la calamité.

PROMÉTHÉE. — J'ai semé des bienfaits. J'ai créé des êtres vivants.

LE PRÊTRE. — Ceci est peu de chose. Tu voulus plier l'univers à ta colère. Or, la liberté n'existe pas parmi les dieux. Sur l'Olympe règne la loi. Le manteau de Némésis l'inflexible protège ceux qui s'en vont sur l'Achéron et ceux que le temps n'atteint jamais. Même le tout puissant fils du Kronos se soumet à la loi. Seules, les faibles créatures d'argile, qui connaissent la mort et la douleur croient à la liberté. Seuls, les êtres qui passent essaient de fléchir la fatalité par de vains exploits. Ce qui convient aux créatures n'est pas digne des immortels. Dans la demeure paisible des dieux toujours fleurissants, tu fis éclater la voix plaintive de la passion et de l'angoisse. Némésis te voue au sort que tu as choisi. L'immortel ne doit pas se tromper. Tu seras l'évocateur de ce qu'on veut dominer. Tu mèneras le combat des heures. Mais au-dessus de tout ce que tu guideras vers la vie, planera toujours la loi, avec son cortège d'immortels que rien ne trouble. Tu seras...

PROMÉTHÉE. — Tais-toi, esclave. La mort ne m'atteindra pas et je briserai les chaînes, toutes les chaînes. Tais-toi! Au nom de la fatalité, tu trompes la loi de la vie et essaies de m'attacher à un mensonge. Cependant tu sais que ma chair sera délivrée demain.

Ah! être mortel fait de boue! Ma destinée est si haute que ta basse colère ne saurait la prévoir.

Ecoute! Je te dirai, à mon tour, de graves paroles. Et toi femme, prête aussi tes oreilles. Ma parole, sonore comme le vent printanier, vaut le murmure d'amour et la mesquine éloquence.

Entendez-vous, créatures livrées à la faiblesse, êtres soumis, fleurs inutiles de la vie... Ecoutez, âmes obscures! Prométhée enchaîné aujourd'hui, qui bientôt sera rendu au combat, annonce à son tour la suprême loi.

Or, je dis : il n'y a pas qu'une fatalité et qu'un ordre, mais il existe deux fatalités et plusieurs ordonnances.

Il y a, dans ce monde troublé, l'inexorable justice du fleuve qui roule ses flots, de l'Océan qui lève ses brisants, du soleil qui jette sa lumière, de la chenille qui brise sa coque, de l'être qui détruit et qui crée. C'est la fatalité de la lumière et du rire, la fatalité sombre dans ses labeurs et joyeuse dans ses fruits.

Mais, issue de l'amitié des éléments, de leur ordonnance et de leur prodigalité elle est souvent troublée par les êtres trop faibles, par les murmures insuffisants, par la force qui s'essouffle... (*D'une voix lente.*) Parfois le devenir s'arrête dans son chemin lumineux. Le rêve étend ses lourds voiles. La vie s'endort. La timide faiblesse, qui geint dans les obscures et humides tanières, quitte sa retraite et se traîne sur la route claire.

L'autre fatalité paraît alors : celle de l'ordre et de la domination, la fatalité d'inutiles désirs, de viles passions. C'est la justice de Zeus. C'est elle que l'Olympe, profitant du crépuscule qui pèse sur l'univers, impose comme loi unique.

L'une est la fatalité de la vie et de la raison inflexible. L'autre est celle de la faiblesse et de la passion tremblante.

Tes dieux dominent encore les forces. Ils ont soumis les éléments à leur loi. Ils ont chassé dans les ténèbres des âmes merveilleuses. Mais moi, Prométhée, fils de Japet et de Thémis, titan immortel et à qui la destinée octroya le don de prévoir, je cueillerai dans d'immenses coupes les soupirs des nuits, les regrets des cavernes, les frémissements des forêts, les larmes des cieux. J'appellerai les troupes qui ont déserté les prés verdoyants, et je les mènerai pour reconquérir l'ancienne fatalité... La liberté renaîtra des cendres. La vigne couvrira la montagne sacrée. Les créatures iront rire dans les temples. On n'adorera que ce qui passe et on donnera aux enfants les images de tes dieux. Le soleil ne connaîtra plus le fouet d'Apollon. La foudre suivra sa destinée. Le tonnerre annoncera sa loi. Les vents iront à leur gré. Les éléments reprendront leur pouvoir Les titans assagis par la défaite apporteront de l'aménité. Atlas ne gémira plus sous le poids des cieux et Prométhée rira. Perséphone aussi reviendra, et Déméter interrompra ses sanglots.

Le Prêtre. — Silence ! Silence ! Pauvre Hésione ! Je n'ose plus évoquer la divine loi. Ta fureur a froissé la nue ; ta démence a outragé la raison, titan ! Titan ! Mais que feras-tu de ce pauvre être qui à tes pieds gémit ? N'as-tu jamais aimé ? N'as-tu jamais haï, avant que les fers t'aient attaché à la pierre ?

Au moment où tu créais, n'avais-tu pas le frisson sacré d'anxiété ? Le doute ? N'avais-tu pas le désir ardent d'être docile à la loi immortelle, de l'aimer humblement, avec douceur ? Ne te rappelles-tu plus tes inquiétudes, toi, vainqueur de la boue, toi qui savais animer la glaise ? Prométhée ! Je n'ose plus implorer. La frénésie t'aveugle. Tu as oublié les caresses de Thémis, ses sourires mélancoliques. Tu as oublié les rêves du crépuscule d'été et le chant plaintif de l'onde marine. Tu as oublié ta vie, ton cœur... Ah ! imprévoyant titan ! Je n'ose plus prier.

(Prométhée dressé veut parler. Hésione qui est restée terrifiée, appuyée contre le rocher, se précipite vers lui et s'écrie.)

Maître, aime-moi un peu. Laisse Hésione à son âme. Dans ton fatal courroux, tu me broies au nom des joies inconnues et tu blesses ma chair au nom des béatitudes que j'ignore.

Prométhée, *affolé*, — Fatalité ! Fatalité ! Tout est vrai. Ma loi et la leur sont justes. Oui ! Le crépuscule est beau. La rêverie berce. L'aménité embaume l'amour. (Lentement, en méditant). L'ombre accompagne la lumière. Moi aussi j'ai eu des doutes. Certes !.. Et Hésione ? J'écrase la misérable amante au nom des lois bienheureuses dont elle ne veut pas connaître la saveur ! Comment ordonner ces justes vérités ? La haine n'explique pas tout. L'amour ne suffit pas pour comprendre. L'action passionnée est souvent aveugle et cruelle. La sagesse aussi a sa cécité. Que faire ? que penser ?

HÉSIONE. — Maître, regarde moi !

PROMÉTHÉE. — Ma raison s'en va. Je ne sais plus concevoir ces clartés que rien ne tache. Maîtresse, parle pour moi. Je m'abandonne à ton cœur, puisque le mien ternit ma sagesse. Pauvre amie... que tu dois souffrir !

HÉSIONE, *devant le rocher, sourit à Prométhée et dit.* — Amant qui malgré tout, sais aimer ! Epoux austère, permets à la femme que dirigent tes désirs de murmurer ses prières.

PROMÉTHÉE. — Parle ! Cette roche m'épouvante. Il y a trop d'espace profond devant moi. Je voudrais aimer — aimer simplement, pour moi, pour nous. (D'une voix sourde.) Nous serons seuls, l'un à l'autre, loin des lois, loin de la multitude. Nous serons deux immortels, fils du héros au front pensif et fille de la mer étincelante, — unis par l'étreinte, stériles et si justes dans leur solitude.

Erreurs frivoles, vérités pesantes, désirs inquiets, envolez-vous ! Je ne puis qu'exhaler la plainte d'aimer, le tendre murmure, un soupir.

HÉSIONE. — L'amant revient. Mon époux m'appelle comme autrefois.

LE PRÊTRE, *en se penchant vers Hésione, dit d'une voix basse.* — Parle, épouse, pour implorer la fatalité de réparer les désastres que l'orgueil a semés.

(Hésione, agenouillée, croise les bras sur sa tête baissée).

PROMÉTHÉE. — Hésione, conte-moi tes douces pensées.

LE PRÊTRE, *penché sur Hésione et à voix basse.* — Mes lèvres refusent de dire les prières qu'aime le maître de la destinée.

HÉSIONE. — Tu m'abandonnes et mon époux porte encore les fers.

LE PRÊTRE, *de même.* — Avant que je n'annonce la parole efficace, adoucis mon âme et celle du Seigneur par tes supplications. Les dieux aiment la voix dolente. Epouse, implore la fatalité de réduire l'orgueil.

PROMÉTHÉE. — Que signifient ces murmures ? Que dites-vous ?

HÉSIONE. — Tendre ami, je porte à l'amour mes dons.

PROMÉTHÉE, *parlant bas.* — L'époux suit enfin sa voie (Il ferme les yeux et tombe dans une profonde rêverie, pendant qu'Hésione récite sa prière :)

HÉSIONE. — L'enfant des lumières, mon époux est frappé de ta foudre, ô tout puissant !

Déjà son cœur s'égare et sa raison s'éteint. Cependant Hésione implore :

« Fatalité ! ».

Ce qui demeure est en ton pouvoir et ce qui s'en va dans le pays des ombres t'est docile. Tu dispenses la sagesse aux uns et la démence aux autres.

Tu chaties ceux qui suivent tes ordres dans le mal et tu récompenses ceux qui se soumettent à ta loi dans le bien.

L'épouse malheureuse te supplie :

Tu as donné au cœur de la femme le désir d'aimer. Tu as destiné l'époux à l'épouse, l'amant à l'amante. Hésione, gardienne à la fois du foyer et de l'amour, apporte à l'Immortel que tu lui as choisi toute son ardeur et l'obéissance que le rite exige.

Cependant notre foyer est vide et mon amant que le fer odieux attache à la pierre, ne m'appartient pas.

Hésione, amante et femme, dénoue ses tresses car elle est veuve malgré que ses regards contemplent le maître.

Némésis, qui domines les cultes et les dieux, rends l'homme à mon baiser, l'époux à ma maison.

Permets, ô la plus juste, que le titan me revienne, docile à ta loi et à celle des épousailles.

Zeus, dieu des clartés et des feux célestes, toi qui règnes sur les cimes et dans les plaines, pardonne à l'Océanide ses lamentations !

Depuis que ton bras tout puissant a dompté les audacieux, l'ordre règne chez les mortels et parmi les dieux.

Ta perspicace volonté bride les feux du ciel ; elle mène la foudre, dirige les vents, assemble et chasse les nuages.

Elle couvre les vallons de pampres et les plaines d'épis.

Elle creuse les montagnes et purifie les fleuves fangeux.

A tout et à chacun elle donne sa loi, fixe sa place et indique sa destinée.

Zeus, dieu de l'ordre ! O père des lois !

L'épouse en deuil implore ta pitié pour celui dont l'âme a sombré dans l'orgueil.

Dieu suprême qui enfantas la sagesse, donne à notre ardeur de l'ordonnance, à nos âmes de la mansuétude.

Le plus vénérable et le plus clément, toi qui dans ta juste colère chargeas des chaînes Prométhée, délivre-le et rends Hésione à son époux.

Aphrodite, la plus ancienne des Parques, la plus sage et la plus douce, reçois mon humble prière !

Céleste ! Ton front est plus pur que l'éther ; ton regard est plus suave que l'amitié.

O victorieuse, dont la tendre tyrannie s'étend jusqu'aux enfers et parmi les ombres, implore le farouche roi des dieux, Zeus, fils de Rhéa, de nous accorder la paix qui sied à l'amour.

Déesse née de l'onde pure qui baigne la Cythérée! Amie! Tu guides les amants et tu reçois les larmes des abandonnées.

Tu veilles, mère des mères, aux joies et tu calmes le sang embrasé par la passion.

Pose aussi sur ma tête endolorie ta main qui dispense l'aménité et la grâce.

Aphrodite, protectrice de l'épouse, veuille supplier le Seigneur dont le courroux frappa mon âtre de me rendre celui que je pleure.

O déesse souriante, la plus belle et la plus aimable! Admets Hésione à ton culte et laisse son amour fleurir parmi les baisers.

Hésione reconnaissante bâtira un temple pour toi; et de ses propres mains posera à ton autel des fleurs de prairie et du miel de montagne.

Daignez, ô divinités, que mon destin devienne plus propice au bonheur, et rendez-moi mon époux.

Prométhée, *vers la fin de la prière d'Hésione, ouvre les yeux, écoute et dit.* — Que je souffre! Assez de ces prières! Elles sont inutiles. Sans elles, la loi triomphera contre Zeus. Les chaînes tomberont, te dis-je. Mais ne m'abandonne pas aux nuits, femme! Que t'importe le tyran. Approche-toi! Bientôt le soleil se lèvera et dans sa clarté, il m'apportera la grave solitude du jour que tu n'oseras égayer et des souffrances que ton baiser ne fera pas oublier. Approche-toi, maîtresse!

Hésione, *sans changer d'attitude.* — Non! Tu es l'enfant malade et orgueilleux. Il faut que je voue aux dieux ce que mon amour n'a pas pris. Je vais encore avec ferveur implorer les divinités d'être plus clémentes, plus sages et plus justes que toi.

Souvent tu me délaissas pour aimer la chimère et pour contenter ton orgueil. Je vais, à mon tour, t'abandonner pour que mon amour puisse conquérir auprès des Immortels ta liberté et auprès de toi ton amitié entière et sans défaillance.

Prométhée, *avec faiblesse.* — Toi aussi, tu blasphèmes contre le titan enchaîné.

Hésione, *avec reproche.* — Maître, que le facile soupçon domine, laisse Hésione aux prières. Oublie-moi, si mon souvenir t'accable. Mais à ta démence et à ton orgueil je marierai la foi soumise et l'amour inlassable. Détachée de toi ces quelques instants, j'appartiens aux divinités. Et quand ma prière sera exaucée je reviendrai vers toi, qui seras toujours mon maître, mon époux et mon amant, car je ne vis que par Aphrodite.

PROMÉTHÉE. — Cet amour blesse. Ta douceur est plus brûlante que le feu de Zeus.

(Hésione baisse la tête sans répondre).

LE PRÊTRE, *à voix basse.* — Femme ! Je vis passer de loin les oiseaux de Zeus. Je crois que les nouveaux présages sont pour toi. Ta tendresse a fléchi l'immortel. L'émotion m'étreint. Femme, tu as vaincu le culte. A l'inflexible destinée couronnée de mélèzes amères, tu apportes tes yeux de mûre et ta bouche de fraise. Sans sacrifices, car le tien suffit, je vais implorer Celui qui m'admet à son autel.

HÉSIONE, *d'une voix émue.* — Merci ! J'espère enfin.

(La scène est dans la pénombre. Prométhée, tête basse, songe. Hésione est prosternée devant le rocher. Le prêtre, d'une voix sourde, qui monte graduellement, implore, les bras tendus).

Père des dieux, maître des immortels, qui dominent les lois, écoute la prière de ton humble servant, que la douleur de la femme a ému :

Zeus, Seigneur parmi ceux qui règnent sur les éléments, aie pitié de la souffrance démente de Prométhée. Déjà le Titan supplie. Déjà d'amères visions l'accablent. Déjà son cœur est déchiré par le regret.

Le plus divin parmi les dieux, reçois encore cette âme troublée, et pour adoucir la calamité qui pèse sur l'épouse, rends à sa destinée le titan, dévoré par la colère.

Zeus, dieu de la clémence, accorde un peu de compassion à l'Océanide en deuil et un peu de songe à l'orgueilleux.

(Le prêtre se tait. Silence d'attente... Prométhée demeure songeur. Sa femme se soulève à moitié et a l'air de murmurer... On entend des mots de supplication :

Père des foyers, aie pitié de moi.

LE PRÊTRE, *relève la tête, reprend son attitude et entonne l'invocation à l'amour de Zeus.* — Roi des cieux et des eaux, toi qui régénères l'univers, Zeus, ami suprême de ce qui devient, rends la grâce à l'amour couvert de haillons.

Dieu de la miséricorde, Dieu attentif au culte, donne à Hésione l'époux, accorde à la chair meurtrie de Titan la main charitable et un peu de caresses.

(Silence. Prométhée relève la tête et rit doucement. Le prêtre songe indécis et après hésitation entonne d'une voix assurée la prière du repentir.)

Zeus que le temps a conçu et que mène la justice ! L'âme dolente de Titan s'élève vers toi et implore par ma bouche.

PROMÉTHÉE *bondit et s'écrie d'un air indigné.* — Imposteur !

(Hésione s'approche de lui et embrasse ses pieds. Il baisse la tête, résigné.)

LE PRÊTRE, *continue.* — Emporté par l'inquiétude, le Titan

quitta les cieux pour se nourrir de la solitude. Or, la solitude le détourna de l'ordre. Il se sentit plus fort que toi, parce qu'il était seul. Il crut capter les lois inflexibles parce que devant lui il n'y avait rien. Le Titan égaré par le silence des nuits, par la profondeur des cieux, par l'infini des mers et des étoiles, eut l'illusion de planer au-dessus de la loi.

Imprudent, il se livra aux aventures. A la façon des éléments, il voulut créer et détruire. Mais quand l'œuvre fut accomplie, il aperçut la vanité de sa besogne, car la création ne convient pas à la sagesse des immortels.

Plus que ton vautour, plus que le soleil de midi, le brûle et le blesse la nouvelle solitude, la solitude de son œuvre mesquine.

Zeus qui à ton gré jettes la foudre et diriges Apollon, accorde à la femme le Titan que l'erreur abandonne et qui ne peut vivre qu'en amour.

(Silence. Le prêtre troublé porte la main à son front.)

PROMÉTHÉE, *en ricanant.* — Ha ! Ha ! Le Seigneur de la miséricorde aime ses victimes. Zeus ne rend pas sa proie. Les cœurs enflammés font peur à l'Olympe.

HÉSIONE, *éclate en sanglots et se lamente.* — Dieu, sois clément ! Abandonne-moi l'époux ! Dieux, ayez pitié !

LE PRÊTRE, *relève la tête et dit à Prométhée.* — Insensé, tu te trompes ! Il reste encore une prière, la prière que dans les antres profonds et sur les cîmes, près des cieux, on dit à haute voix sans murmurer.

Je te dis qu'il existe une prière, la prière à la loi fatale, hors de laquelle il n'y a que néant.

Il a plu à Dieu suprême de ne pas t'accorder son amitié, ni au nom de ta souffrance, ni au nom de ton amour, ni au nom de ton erreur.

Mais, certes, il t'accordera la liberté au nom de la règle qui veut que tu aboies éternellement contre le soleil et que tu menaces les cieux de tes injures afin que les divins n'oublient pas les ombres.

Qu'importe à Zeus ton repentir ? que lui importe ta douleur ? que lui importe ta passion ?

Tu es devenu l'immortel annonciateur de toute œuvre avant qu'elle ne fût accomplie. Tu menaces le soleil au nom des étoiles, tu injuries le matin au nom du midi, le midi au nom du matin. Dans la souffrance, tu veux de la joie. Parmi les rires, tu rêves les larmes. Prométhée ! Tu n'es plus le dieu prévoyant.

L'Olympe pourtant a besoin de toi pour savoir les détails infinis de ce qui passe, pour connaître ce qui menace la règle, ce qu'il faut assimiler à l'ordre et ce qu'on doit détruire irrémédiablement. Tu n'es plus qu'un corbeau qui annonce l'automne, que le chacal qui hurle sur les cadavres, qu'une alouette qui présage le jour. Tu n'es plus Dieu par toi-même ! Tu n'es plus le Titan qui ordonne. Tu es le signe de ce qui doit venir, de ce qui est en train de naître, de ce qui agonise déjà. Mais tu es étranger a l'œuvre accomplie, à la naissance vagissante, à la mort austère !

Et maintenant d'une voix que n'affaiblit pas le doute, je dirai la dernière prière, celle qui te délivrera.

(Prométhée étonné-rejette sa tête en arrière. L'effroi se peint sur son visage. Hésione reprend l'attitude de supplication.)

(La scène est éclairée par la lumière bleuâtre du jour. Le matin s'annonce. On entend de loin des sons rêveurs de flûte, un bruit de sources, des cris d'oiseaux. Le brouillard s'élève peu à peu. Le prêtre sur le devant de la scène appelle Hésione.)

Viens, épouse éplorée !

(Hésione s'approche. Le prêtre la prend par la main et, tourné vers l'Orient, la main droite levée vers les cieux, il parle.)

Zeus ! Dieu suprême, père de l'éternité et de la mort, toi qui règnes sur les cieux et la terre, qui domines le feu, l'eau et la lumière, Dieu qui diriges la foudre et les enfants de Borée, maître unique, maître immortel, maitre aimé et craint, toi dont le courroux est farouche et l'amitié pleine de bienfaits, délivre pour ta gloire et pour le soumettre à ta loi celui qui a ravi le feu et voulu vivre dans la douleur.

Zeus, au front lumineux ! Toute loi a au-dessus d'elle d'autres lois et toute règle a besoin d'autres règles. Toi seul te suffis sans que l'intervention des forces et des dieux soit nécessaire.

Toi seul existes au-dessus de l'infini et de ce qui demeure, grâce à ta sagesse.

Dieu de l'esprit et du souffle tiède, le plus perspicace parmi ceux que le temps ne peut vaincre !

Ta science est la loi et la règle. Elle est la raison de la vie, elle crée les destins et coordonne ce qui passe pour permettre à la durée d'établir ses lois.

Or ta sagesse au-dessus de laquelle rien ne demeure, puise sa force dans ta clairvoyante générosité et dans ton immense solitude. Dieu, seul parmi tous ! Roi des rois !

Prométhée appartient à ta sagesse comme tout lui appartient.

Cependant Prométhée, enchaîné et éloigné de l'existence, est inutile. Sa douleur n'instruit personne. Ses gémissements et ses soupirs s'envolent en vain dans les airs purs.

La douleur de Prométhée est un châtiment de sacrilège mais la Raison, au-delà de tout, n'a pas besoin de châtiment. Rends à Prométhée la liberté et il deviendra une force hostile pour ton nom, mais que tu guideras.

La sagesse profonde a besoin de la menace et la puissance dont l'ordre est le but, ne se passera pas d'elle. Il faut que ta loi admette le Titan qui menace.

Les inutiles douleurs agacent ta prudence. Il faut que le Titan délivré maudisse la lumière afin que ta sagesse puisse le dompter.

Dieu de la nécessité! La loi des lois est dans tes regards, que rien ne trouble Mais toi qui règnes sur le monde, asservis aussi la fatalité et rends la souple à ta volonté.

Comme l'ombre qui se traîne derrière le char solaire indique la mesure de sa force et l'endroit où il passe, Prométhée enchaîné à ton pouvoir marquera par sa démence ta sagacité. Il indiquera souvent de vaines ardeurs et parfois de justes colères.

Dieu de la sagesse, du tact et de la clairvoyance!

Etends ton bras sur la démence afin que tout ce qui frémit soit dans tes limites, Car alors, Dieu clément, maître unique, rien ne vivra hors de ta loi, ni ce qui lui est docile, ni ce qui lui est rebelle.

Dieu de l'Olympe! Roi de l'Infini! Père de la Loi!

Il y aura toujours dans ce monde des âmes frondeuses. La furie parfois est aussi juste que la prudence.

Des forces encore aveugles heurtent toujours. Des formes qui se créent ont des angles. Des âmes que la sagesse sereine ne bénit pas, jettent sur l'autel de la raison la furie du cœur.

Ceux qui pensent par la douleur, ceux que la passion pousse vers l'œuvre, ceux que l'orgueil illumine prêteront toujours à Athéné des desseins perfides et à toi des intentions cruelles.

Or, il faut que tout ce qui est borgne, estropié et grimaçant ait sa loi. Il faut, ô maître, donner au troupeau dément un berger au regard trouble.

Seigneur!

Prométhée délivré amènera à ton autel la fatalité enchaînée. Prométhée, délivré par toi, parcourra tes temples avec sa meute de déments, de rebelles et d'ardents dont il sera le chef par ta volonté.

Maître, délivre cet insoumis, afin que rien n'échappe à ta loi.

(Silence. Le brouillard devient de plus en plus épais.)

Prométhée. — Je me sens faiblir. Est-ce que l'immortalité m'échappe?

Hésione. — Zeus, rends-moi l'amour

Le Prêtre. — Que tes desseins s'accomplissent, Seigneur.

Prométhée. — Mes regards se troublent.

(Le brouillard enveloppe le Titan.)

Hésione. — Dieu, rends-moi l'époux. Ah! il disparaît. Zeus l'enlève ; il s'est évanoui dans les airs.

Le Prêtre. — Maître, que tes desseins s'accomplissent. Derrière la buée descendue du ciel, ta loi agit. (Il pose la main sur la tête d'Hésione et murmure.) Femme, sois prête pour l'événement nouveau. (Le brouillard envahit peu à peu la scène. Puis il se dissipe. Prométhée paraît, éclairé par le soleil levant).

LE PRÊTRE. — Et la loi est faite.

PROMÉTHÉE. — O Liberté conquise enfin ! Hésione, les chaînes sont brisées.

HÉSIONE, *se redresse, ne dit rien au début, puis se prosterne en s'écriant.* — Amant, viens ! (Se reprenant.) Sois, béni ô grand pacificateur ! Je vais enfin aimer... Viens, ami !

PROMÉTHÉE. — Je vais...

LE PRÊTRE, *en l'interrompant.* — Reste encore sur le rocher et conte de loin, comment les ordres divins furent accomplis. Il ne sied pas à celui qui porte les offrandes sur les autels de Zeus de subir ton contact. Parle, afin que j'emporte en retournant au temple, le souvenir d'une œuvre achevée.

PROMÉTHÉE, *d'une voix sourde.* — Oui ! Il ne faut pas que nos destinées demeurent au même niveau. Gardien du temple, tes vœux sont exaucés. Le fils de Zeus, Héraclès que mène le destin inflexible tua l'oiseau maudit et fit tomber mes chaînes.

LE PRÊTRE. — Zeus dans sa sagesse sut choisir la main libératrice.

HÉSIONE. — Celui que mon âme désire me sera rendu.

PROMÉTHÉE. — Héraclès qui combat les forces démentes me délivra.

LE PRÊTRE. — Le fils de Zeus qui soumet aux règles de la raison les forces aveugles de la matière t'ouvre la nouvelle route.

PROMÉTHÉE. — Héraclès parut. L'aigle qui depuis des années dévore ma chair fut atteint par sa flèche. Ensuite, il s'approcha vers moi et dit : Mon père m'accorde ta liberté. D'un coup de massue il frappa l'œuvre de Héfaïstos, et les fers tombèrent en éclats. En montrant le soleil qui avait quitté déjà sa demeure des nuits il ajouta : «Voici le témoin de ta délivrance. Suis-le.» Aussitôt il disparut dans le brouillard.

HÉSIONE. — Descends vers moi !

LE PRÊTRE. — Enfants que l'amour a blessés, soyez heureux. Quand à moi je vais faire des libations d'usage à l'autel du Maître. (Il s'en va.)

Fin de l'acte II, scène IV

ACTE TROISIÈME

Mort d'Hésione

SCÈNE V

Hésione est au pied du rocher. — Prométhée, debout, regarde.

HÉSIONE, *tend ses bras vers le Titan et implore.* — Viens dans mes bras, ô maître ! Au pied du rocher maudit, l'amour t'attend.

PROMÉTHÉE, *lentement, étendant ses bras.* — Que ces chaînes pourtant furent légères (Parlant à Hésione.) La plus douce des amantes, Hésione au cœur pur ! souffre qu'avant d'abandonner la pierre qui a connu ma solitude, je prie à mon tour. J'ai aussi des vœux à accomplir. Je vis tant de choses nouvelles. Des pensées que j'ignorais vinrent me troubler. Il faut que je rende aux espaces les secrets qu'ils m'ont confiés.

« Matière ! Toi qui n'as ni fin ni commencement, l'unique créatrice, force et élément, matière-sagesse, matière frémissante, je reviens pour me soumettre à tes lois. Je n'ai plus personne à sauver. Je n'ai rien à apprendre aux créatures. C'est à toi, la plus divine, de mener les existences et de répandre la prudente sagesse. Tu es, ô matière, la créatrice et la destructrice. Je me soumets à tes ordres. Domine la vie que j'ai créée grâce à toi. Répands des bienfaits et des désastres. Ce qui vit ne peut connaître d'autre loi que la tienne. Quant à moi, Prométhée fils de Thémis, j'abandonne les inutiles combats. Je vais rêver dans le silence. Aux pieds de la roche qui a vu ma souffrance, j'aimerai l'épouse aux yeux clairs. D'une voix attendrie, je chanterai sa chair diaphane. L'amante se souviendra des caresses que la rude douleur fit oublier. Ses soupirs me berceront, et seule la couronne de ses bras tièdes reposera sur mon front ..

J'oublierai les conseils d'Athéné, j'oublierai le perfide Zeus. J'aimerai... j'aimerai Hésione. »

HÉSIONE, *d'une voix faible.* — Je t'attends, Seigneur.

(Prométhée descend lentement. Hésione se jette dans ses bras en sanglotant.)

O mon époux !

PROMÉTHÉE, *l'étreint et la regarde.* — Douce Hésione ! (Il la dévisage.)

HÉSIONE. — Bonheur ! Je puis t'étreindre...

(Prométhée reste silencieux ; il caresse ses cheveux, son front, l'embrasse ; puis il murmure très doucement.)

Que je suis las.

HÉSIONE. — Viens t'asseoir près de moi. Mon cœur renaît enfin...

PROMÉTHÉE, *d'une voix sourde.* — Enfin... Je ressens une immense fatigue. On dirait que le firmament s'appesantit sur mes épaules, le firmament lourd, très lourd.

HÉSIONE. — Aspire le souffle de ma bouche. L'amour réconforte les époux.

PROMÉTHÉE. — La chaleur ne ranime pas la feuille d'automne.

HÉSIONE. — Donne tes lèvres. (Elle l'embrasse et l'amène sur le tertre. Ils s'asseoient.) O cher ! bien cher ! Tu es à moi ! J'appuie enfin, sans crainte, ma tête sur ta vaillante poitrine.

PROMÉTHÉE. — Pauvre enfant ! Tu as souffert ! Oui.. (Il la caresse.) Ma tête pèse. Je respire à peine. Ah !

(Il embrasse Hésione et parle en la regardant.)

C'est toi, Hésione ! Je reconnais tes yeux d'étoiles, tes cheveux tendres, ta joue douce comme la pêche écarlate. Ah !..

HÉSIONE. — Qu'as-tu, maître ?

PROMÉTHÉE, *secouant la tête.* — Rien ! Rien... Approche-toi ! Etreins-moi ! Ainsi... Oui.

(Hésione le regarde, étonnée. Prométhée baisse la tête.)

HÉSIONE. — Maître, tes regards ne me cherchent pas.

PROMÉTHÉE. — Ils ne trouvent pas.

HÉSIONE. — Maître ! Ton bras se raidit. Ton étreinte n'a ni l'ardeur ni la douceur d'hier.

PROMÉTHÉE. — Ha !.. C'est toi. Je t'ai tellement aimée. J'ai rêvé si souvent cet instant, l'instant à nous. Tu vois, ô la plus douce : le soleil se lève, le monde sommeille encore, nous sommes libres et nous nous aimons. (Il baisse la tête.) J'ai rêvé tout cela, Je l'ai prévu... et.. (Il hésite.) je me sens las. Je n'ai plus la vigueur d'aimer. Le songe a dévoré, peu à peu, l'amour. Le songe a dévoré, peu à peu, la foi... Il a éteint le feu. Partout, il a semé des cendres, de grises cendres. Le songe m'a tout enlevé. Aujourd'hui je demeure solitaire... Je ne sens rien, Hésione (Avec terreur.) rien.

HÉSIONE. — Maître !

PROMÉTHÉE. — Réveille ce cœur, amante. (Il se frappe la poitrine.) Il a besoin de flamber. Embrasse-moi. Etreins-moi. Trouve de nouvelles caresses, des mots au sens mystérieux... amène-moi vers la vie. Fais battre le cœur assoupi. J'ai besoin de frémir. (Silence.)

HÉSIONE *le prend par la tête, et le regardant.* — Et pourtant c'est Prométhée.

(Elle baisse la tête et appuyée sur l'épaule de Prométhée, pleure.)

PROMÉTHÉE. — Amante ! Je ne sens rien. Je ne veux rien. Je n'ai plus ni ardeur, ni foi. Zeus a tout pris. Toujours prêt à commettre quelque trahison, il m'a délivré après m'avoir dépouillé ! Quelle horreur que de sentir ce froid glacial ici... dans le sang, dans la tête, dans le cœur. Le bec de vautour était plus doux pour moi !

HÉSIONE. — Calme-toi, maître ! Le mal est passager et demain est à nous.

PROMÉTHÉE. — Pauvre enfant ! Mais sache donc qu'il ne me reste ni amour, ni rêve, ni pensée. Hésione ! seule tu peux encore souffler la vie en moi. Réveille mon âme ! Brûle-moi de tes baisers. Meurtris ma chair de tes caresses. J'ai besoin de souffrir. Oui... de souffrir comme autrefois, comme toujours j'ai souffert.

HÉSIONE. — Je n'ai que mes soupirs ; je n'ai que ma vie profonde ; je n'ai que mon amour. Prends-les, mais reviens vers moi.

PROMÉTHÉE. — Que tout cela est déjà lointain.

(Silence. Prométhée songe, la tête dans ses mains, Hésione pleure doucement et caresse ses cheveux. Tout à coup, Prométhée lève vivement la tête, saisit Hésione par la main et parle d'une voix précipitée.)

PROMÉTHÉE. — Maîtresse ! Epouse ! Je n'ai plus d'amour ; je n'ai plus de foi. C'est fini ! Ah, je comprends le félon de l'Olympe. Pour soumettre une noble énergie à sa loi, la ruse dispose de moyens que l'âme droite ignore. Me voici libre, dépouillé de mes vertus et ayant un cycle à parcourir ! Il faudra agir, vivre, créer. Mais à quelle source mystérieuse vais-je chercher les forces qui me manquent. Vivre ! Créer ! Pourquoi ? Pourquoi ? Et la pauvre créature si douce, que va-t-elle devenir ? Je ne sais rien ! Je ne sens rien, rien ! Je ne suis entre les mains de Zeus qu'une puissance aveugle qu'il dirige... Hélas ! Hélas ! Il arracha peu à peu toutes les fleurs de mes rêves. Il effeuilla mes couronnes. Il enleva le parfum à mon âme. Je ne suis qu'une force au service de Dieu. Je ne suis qu'un être douloureux qui maudit. Hésione ! Réveille-moi ! Hésione.

HÉSIONE, *enlaçant Prométhée.* — Maître ! Abandonne, abandonne les colères d'autrefois. La nouvelle tendresse brille dans tes yeux. Ta bouche cache des caresses ignorées. Couvre de cendres le brasier. Eclairé par le soleil, ami des époux, éclairé par la lune, protectrice des amants, tu vivras près de moi.

PROMÉTHÉE, *avec amertume*. — Tu crois ce retour possible !

HÉSIONE. — Tu vivras près de l'épouse, seigneur. Tu reviens vers moi comme l'aiglon battu des vents retourne dans le nid maternel.

PROMÉTHÉE. — Le fleuve ne remonte jamais à sa source ! Puis-je revenir vers le passé irréparable ?

HÉSIONE. — Qu'importe ce passé si ingrat ! Le présent nous attend, frais comme la première fleur du printemps. Cette fois-ci, je n'aurai plus besoin de trembler pour ta vie, de craindre la colère des dieux et leur vengeance implacable. Enfin, je resterai avec toi, entièrement ; je pourrai consacrer à notre amour tous les instants de ma vie.

PROMÉTHÉE. — Malheureuse créature ! Comment la vois-tu cette vie ? Comment ?

HÉSIONE. — Je l'ignore. Mais je sais que je t'aimerai plus ardemment encore parce qu'il n'y aura rien d'inconnu, entre nous. Je t'aimerai profondément, avec plus de silence et plus de ferveur.

PROMÉTHÉE. — Tu suis ton rêve. Le mien cependant a disparu et je ne saurais en imaginer un autre.

HÉSIONE, *ne l'ayant pas entendu*. — Tu seras à moi. Je pourrai ô joie ! te donner tous mes instants. Je préparerai chaque jour notre couche. Je cueillerai de la mousse qui la rend plus attrayante pour la paresse. Dès le matin, je parcourrai les bois à la recherche des fruits, du miel, du gibier. Enfin, enfin, nourrie de ton bonheur et de ta paix, ma tendresse près de toi s'épanouira.

PROMÉTHÉE. — Tu trompes tes rêves, Hésione ! La paix ne sera jamais de notre vie ! Entends-tu ?.. jamais ! Ton être endolori a besoin de répandre des larmes. Tu vas pleurer Prométhée vaincu, et tu l'envelopperas de ta langueur... Est-ce de la paix ? Est-ce du bonheur ? On ne vit pas en silence. Il faut que chaque jour ait sa peine et qu'il la couronne d'une souffrance. Il faut, Hésione, qu'il existe des défaites et que de rares victoires les fassent oublier. Ma tendre amie ! La paix, n'est possible, ni sur la terre, ni parmi les ombres, ni chez les dieux.

HÉSIONE. — Tes paroles sont trop amères pour être justes.

PROMÉTHÉE. — Ce sont des paroles de prévoyante sagesse.

HÉSIONE. — Non ! Non ! L'amour et la vie ont leur charme.

PROMÉTHÉE. — Ce charme se dissipe bien vite, ô la plus fidèle des épouses. Il faut alors prévoir pour éviter des maux irréparables. Écoute ! Tu ne sauras aimer sans regretter l'étreinte d'hier.

l'abandon qui rend le retour plus désiré, l'âpre colère qui donne plus de saveur à la caresse. O la plus douce ! Tu mens, brisée par ta tendresse. Tu mens, épouvantée devant mes yeux éteints, devant mes lèvres molles, devant ma chair inerte.

HÉSIONE. — Ah ! cet orgueil inlassable demeure toujours la source de mes malheurs. Ami ! la lassitude t'empêche de voir nos douces batailles d'amour. A nous deux, silencieux ou turbulents, brisés de fatigue ou pleins d'ardeur nous remplirons notre vie.

PROMÉTHÉE. — Non ! L'ennui pèsera sur elle.

HÉSIONE. — Cependant j'entrevois mes soirées avec le maître fatigué, les matinées si aimables au réveil, et le plein midi quand, endormi sous le vieux chêne, mon seigneur subira le charme du songe.

PROMÉTHÉE. — Mais que ferons-nous ? M'entends-tu ? Et pourquoi le ferons-nous ?

HÉSIONE. — Je ne sais pas. Je t'aime.

PROMÉTHÉE. — O malheureuse ! Nous vivrons des heures trop longues. Nous essaierons de nous consoler avec de somptueux souvenirs que nous étendrons sur les sordides haillons du présent.

HÉSIONE. — Qu'importe ! Le rêve est un don divin. Nous rêverons devant le nuage qui fuit, devant l'ombre qui naît au crépuscule. Nous peuplerons d'amis les cieux, les abîmes, la terre. Alentour, parmi les fleurs, le bruissement des sources, le gazouillis des oiseaux, en plein jour, dans la profonde nuit, nous entendrons parler notre amour. Le rêve apporte l'oubli et fait éclore le sourire. Nos yeux perdront l'ardeur inutile. Dans des prunelles à l'éclat pâle se mireront nos âmes amoureuses. Prométhée... Prométhée ! Berçons nos cœurs avec le chant de rêve, le chant long du rêve d'amour, du rêve sans fin.

PROMÉTHÉE. — Démence que tout cela !

HÉSIONE, *reculant*. — O malheur ! La destinée, je crois, me prépare un immense désastre.

PROMÉTHÉE. — Le rêve use le sang et égare les âmes. Il nous éloignera l'un de l'autre. Non ! L'amour de rêve ne secouera ma lassitude, ni réveillera la vigueur assoupie. Je suis las ! Les rêves ! Ha ! Sur ce rocher, les rêves m'ont brisé. Je n'en veux pas ! Non !

HÉSIONE. — Aime-moi, maître. Que serai-je, sans ton amour ? Prends-moi. Je vivrai pour te supplier de me pardonner ma funeste passion. Je serai l'esclave agenouillée devant toi, la plus humble parmi les esclaves. Au gré de tes caprices et de tes désirs, tu m'aimeras ou tu me haïras. Tu suivras ta volonté et celle du destin. Qu'importe à mon amour ce que tu veux et ce que tu fais. Mais laisse-moi t'adorer. Je suis la douloureuse amante et sans cette tendresse qui consume mon cœur, je mourrais.

PROMÉTHÉE. — Et moi ? Que puis-je faire si ma raison ne conçoit pas l'amour ? Que puis-je faire si mon âme ne s'attendrit plus ? Suis-je vivant ? Suis-je mort ? Je me sens très loin de toi, de moi, de tout, de tout...

HÉSIONE, *en pleurant*. — Aie pitié de ce cœur, fils de Thémis. Aime la pauvre créature.

PROMÉTHÉE. — Ces lamentations ! Comme elles viennent de loin. J'entends des paroles, des sanglots. Je vois des larmes, trop de larmes. Cependant le cœur reste insensible. Suis-je encore sur la terre ? Suis-je devenu l'ombre errante ? Je l'ignore. Mais je sais que mon sang est glacé, que ma raison est assoupie et que tu m'es étrangère, ô la plus sublime des amantes. (Il passe la main sur son front.) La tendresse a abandonné ce cœur vieilli. La pitié, cette divine ressource de l'âme en peine, n'anime plus l'être meurtri sans mesure. Ah ! Je ne sais plus compatir ! Je ne fus pourtant jamais insensible à la douleur.

HÉSIONE. — Misérable destinée, tu commences tes offrandes.

PROMÉTHÉE. — Je connais ta profonde détresse. Je comprends ta souffrance dans ses détails les plus infimes. Je sens les plaintes que ta modestie étouffe ; j'entends les cris de douleur que tu caches dans ton cœur merveilleux pour ne pas fatiguer mes oreilles. Je sais tout cela ! Cependant mon front est calme. Hésione ! pardonne. Tes paroles viennent de loin comme ces bruits des airs... La cruauté pourtant ne dirigea jamais mon cœur. Non ! Une loi mystérieuse s'impose à ma volonté. Je me vois solitaire comme cette cime sauvage, au-dessus des gouffres, sur le promontoire que la mer frappe de sa vague capricieuse. Cette solitude ne m'effraie pas. Mais elle m'est aussi étrangère que toi. Je ne sens rien, rien.

HÉSIONE. — Réveille-toi, ami ! Je suis l'amante en deuil. Je pleure l'amour qui m'oblige de te suivre, je pleure ton douloureux silence. Je pleure ! Je pleure aussi ta solitude, ta lugubre solitude. Aie pitié de moi, aie pitié de ta raison. Reviens ! Reviens ! Prométhée.

PROMÉTHÉE. — Il y a trop de pitié dans cette aventure ! Je ne puis rien contre le destin, maîtresse imprudente. Me crois-tu incapable de supporter les ordres de la Nécessité ? Crois-tu que la solitude et ses angoisses m'écraseront ? Je connus autrefois les offrandes qu'on fait à la victoire. Mais je n'ignore plus les dons qu'on apporte à la défaite. L'amour en est le premier. Je ne puis aimer, car la défaite fuit la caresse.

Hésione. — Quel que tu sois, je demeure ton épouse soumise. Ordonne !

Prométhée. — Je n'ai aucun droit sur l'épouse, et ma solitude n'admet pas l'amante. Le grand amour meurt vite. Il s'enfuit comme s'envolent la paix profonde et la guerre consolatrice. Demain ta tendresse sera amoindrie. C'est la loi du temps et de l'amour. Nous serons l'un en face de l'autre, les cœurs remplis d'amertume et les âmes pleines de regrets.

Hésione. — Je ne demande que de rester près de toi.

Prométhée. — Pauvre être si noble et si simple ! Tu ne comprends pas le sens mystérieux de ces mots : rester, demeurer. Comment rester ? Pourquoi demeurer ? Pourquoi ? Je n'ai pas besoin de ta pitié et je ne puis aimer. Que ferons-nous, unis par un rêve, par un serment, par une habitude ? Le désir brûle les plus beaux rêves ; les nécessités de chaque jour détruisent les serments les plus sacrés ; l'ennui change les habitudes les plus douces.

Hésione. — L'amour reste.

Prométhée. — Il faut alimenter l'amour. Et où vais-je trouver la nourriture divine qu'aime l'amant de Psyché ? Mesquine est la vie du héros qui, écrasé par la pesante défaite, quitte les contrées sublimes où règne la solitude. Nous remplirons nos heures d'imprécations vulgaires. Va-t-en, Hésione ! Laisse-moi à ma propre déchéance et trouve pour toi le bonheur que tu mérites.

Hésione. — Tu jettes de l'ombre sur un beau rêve. Tel l'oiseau ingrat qui porte à l'ennemi le bon présage et menace ceux qui le vénèrent, tu détruis mon humble tendresse et tu exaltes ton orgueil si cruel pour l'âme dolente. Aurais-je en vain aimé ? Aurais-je en vain souffert ? Que deviendrai-je ?

Prométhée. — Et moi ! Malgré ces chaînes brisées et la liberté offerte par Zeus, je ne puis aimer à mon gré, ni vivre selon ma loi. Le fils de Rhéa a éteint mon désir et a soumis à sa règle toutes les volontés. Ai-je en vain souffert ? Aimé ? Que dois-je dire ? Je sais que la Parque toute puissante cèle dans un coin ténébreux de mon être un peu de feu et de vigueur. Qui retrouvera ces dons divins ? Qui sera mon Prométhée ? Ton amour, ô la plus douce, n'allumera pas l'étincelle mystérieuse. La solitude est l'unique amie des dieux vaincus. Sans danger, elle erre dans les abîmes des cœurs meurtris. Elle sait découvrir le souffle tiède parmi les froids décombres.

Hésione. — Aie foi dans mon amour ! Aie un peu d'amitié pour moi. L'insatiable orgueil te fouette toujours. Il te donne de vaines souffrances et il me prépare un sort sans gloire. Aime-moi ! maître ! Ah ! aime l'épouse que les lois t'ont destinée.

PROMÉTHÉE. — O Hésione, la plus tendre des épouses ! Je suis voué à la solitude. Son silence farouche calmera ma souffrance mieux que ta parole mélodieuse. Il faut que tu partes, amie.

HÉSIONE. — L'amour rend la solitude plus pure. Je serai comme les éléments, comme les parfums de la nuit. Je n'aurai ni volonté ni désir. Je vivrai en toi. Tu seras plus solitaire avec moi qu'avec tes regrets.

PROMÉTHÉE. — Mes regrets ?

HÉSIONE. — Oui ! Les regrets ne tarderont pas à peupler ta solitude. L'âme vivante ne brise jamais impunément un cœur qu'anime une passion profonde. Ah ! laisse-moi élever à la Solitude un autel devant lequel je prierai pour toi.

PROMÉTHÉE. — Vains sont tes vœux ! Fragiles sont tes promesses, Océanide ! Tout a sa loi, même l'amour soumis. Tes soins attendris feront dévier la règle du destin. Tu seras comme la douce fumée du foyer qui empêche de voir clair. Hésione ! je préfère la souffrance à cette flamme languissante. Tu ne sauras pas me faire frémir ! Il faut pourtant que mon cœur flamboie. Erinnys ! Erinnys ! Fais tes libations. Remplis de mon sang ta coupe et porte-la devant l'autel de Zeus, que rien ne rassasie.

HÉSIONE. — Ces paroles n'ont plus d'effet, seigneur. L'ordre ancien a pris fin. L'heure des luttes est passée. Soumets-toi au destin nouveau.

PROMÉTHÉE. — Le destin m'ordonne la solitude. Entre Titan et Zeus rien n'est jamais fini... Je sens la chaleur me pénétrer. Océanide, fuis !

HÉSIONE. — Maître, détourne-toi de cette nouvelle démence.

PROMÉTHÉE. — Fuis ! Va-t'en ! Le brasier te consumera. Ah ! la bienfaisante chaleur ! La haine, la passion, la colère sont moins brûlantes que la morsure de la solitude, de la grande et infinie solitude. Fuis, femme ! Le destin exige ce sacrifice.

HÉSIONE. — De loin je te suivrai pour cueillir dans l'urne d'or le sang que ton imprudence fera répandre sur les routes. Je serai ta mère vigilante, ton esclave soumise. Je vivrai en te contemplant. Je frémirai de joie en retrouvant sur le sable la trace de tes pas. Tu seras mon destin, Prométhée.

PROMÉTHÉE. — O tendresse meurtrière ! O douceur insidieuse ! Abandonne-moi à ma douleur, femme. Je ne veux pas lutter. Je ne veux rien. Il me tarde à porter le fardeau immense de ma solitude. Laisse-moi ! Destinée, que tu es cruelle d'entraver ainsi ta propre loi ! (Il penche la tête et médite d'une voix basse.) Zeus croît m'atteindre. Il ne peut pas me vaincre. Il ne sait que me faire souffrir. Certes... (Il rêve.)

HÉSIONE. — Le voici loin de moi. La passion ancienne s'empare de lui. Son œil, de nouveau, explore les abîmes célestes. Le regard cependant est devenu plus dur. Une ride profonde, de ses branches tortueuses ombrage son front. Il rêve, si loin de moi... Ni l'amour, ni l'amitié ne le réveilleront. Il a trop souffert. Il ne peut plus s'émouvoir. La solitude m'enlève l'époux ; la douleur emporte l'amant. Inexorable fatalité ! Malgré mes larmes et mes supplications, désormais il demeurera seul. Je ne puis être même son ombre, parce que tout souvenir de tendresse et d'amour l'effarouche. Parque au fil double ! Hermès, messager des enfers, menez-moi vers la mort. Je ne saurais vivre sans tendresse et sans amitié. Emporte-moi, Achéron, vers la froide demeure des ombres. Némésis ! exauce mes vœux. Zeus ! Aie pitié de l'âme que la détresse chasse hors de la vie. Zeus, dieu de la loi, prive-moi du souffle qui anime les créatures vivantes. Et toi, mère divine, Gaïa, la nourricière, la gardienne de la semence et de la mort, ô terre bienfaisante, recueille l'Océanide (Elle se lève, et en chancelant s'approche lentement du rocher.)

PROMÉTHÉE. — Hésione ! Hésione ! Pauvre amie ! (Il se frappe le front.) Pourquoi donc ne puis-je aimer ? Solitude, recueille les larmes de la plus généreuse parmi les épouses ! Je ne puis aimer, Hésione ! Hésione ! (Hésione s'arrête et l'écoute, résignée.) L'amour m'échappe. La tendresse ne veut plus de moi. (Hésione fait un pas.) Ame divine, oublie-moi. Va-t'en ! Pardonne à Prométhée sa cruelle solitude. Aucune volonté n'arrêtera le destin ! Je n'atteindrai jamais le but ! Je n'atteindrai jamais un but quel qu'il soit. Mon sort a pour limite l'infini. Ah ! implacable loi ! Epouse, oublie le Titan ! Pardonne à son cœur maudit, (Hésione fait un geste de soumission et s'avance vers le rocher. La solitude est plus forte que moi. Fuis, Hésione ! Va-t'en...

(Hésione, arrivée devant le rocher, se place derrière, le haut du corps seul visible. Elle appuye sa tête contre la pierre et parle très doucement.)

HÉSIONE. — Nécessité, adoucis ta règle ! Fléchis la loi qui régit les immortels et enlève à l'Océanide sa forme humaine. (Elle pâlit.) Je faiblis.

(Prométhée relève la tête, regarde longuement.)

PROMÉTHÉE. — Arrête-toi ! (Il veut s'approcher.)

HÉSIONE. — O unique ami, laisse-moi à ma destinée... (Elle sourit.) Il faut que je disparaisse ! Némésis m'apporte son concours. L'âme peu à peu s'envole. Elle me quitte silencieuse... Le souffle abandonne la chair et m'enveloppe doucement. (Prométhée s'arrête au milieu de la scène, la tête entre ses mains.)

PROMÉTHÉE. — Zeus ! Zeus !

HÉSIONE. — Prométhée ! Que la nouvelle existence, à laquelle me voue mon immortalité, te soit propice, qu'elle dissipe tes doutes, qu'elle adoucisse tes douleurs. Destinée ! Fais que ma mort rende moins cruelle la solitude de l'époux... Adieu, mon amant ! Je vais dans un monde inconnu annoncer l'amour que j'emporte.

(Elle se transforme peu à peu en lierre autour du rocher. Silence. Prométhée, chancelant va s'asseoir sur le tertre. Après quelques instants de méditation, il parle d'une voix profonde.)

PROMÉTHÉE. — L'Océanide couronne la cime. Le lierre dans le sombre feuillage porte désormais le souffle de mon épouse.

Solitude ! O solitude, ta loi est lourde. Hésione a disparu. Personne n'entonnera un hymne de deuil ! Personne, par des lamentations, ne rendra plus solennelles les funérailles. Pour la glorifier, Arès n'apportera son fer ni Athéné sa feuille cendrée. Les mortels et les dieux ne feront aucune libation. Ah ! l'étrange fin de la plus sainte parmi les femmes destinées à l'amour. Sur cette roche, la tendresse est morte. Il fallut que je fusse seul. (Il médite.)

Le trépas enlève Hésione. Cependant la mort ne termine rien. La vie continue sa tâche. En vain, elle détruit mes rêves ; en vain, les puissances divines exècrent mon œuvre. Je suis rivé à l'immortalité. Les années n'ont pas de terme.

(Il se lève et s'approche du rocher.)

Hésione !

Orphelin de la tendresse, je demeure sans illusion et sans appui devant le lierre qui, dans son feuillage cèle ton souvenir. Le destin que la douleur ne lasse jamais, m'a dépouillé de mes couronnes de rêve et d'amour. Aucune main n'étreindra la mienne. La caresse me fuira. La bonté amoureuse restera indifférente devant le mal qui m'atteint; car tu fus le seul être que j'aurais pu aimer. La trahison de Zeus éteignit mon ardeur et atténua ton immortalité. Avec l'amour sont partis aussi mes rêves d'hier. Le soleil m'a tellement brûlé ! Je n'ai plus d'amitié pour ce qui existe, ni de compassion pour la souffrance.

Le soleil m'a blessé. Le feu — son feu — me purifie. Il est plus grand que moi. Désormais, les hommes n'ont pas besoin de mon amour ni d'aucun sacrifice. Enfin, enfin, mon âme est dépouillée de ses vêtements pleins de charme mensonger.

Ah ! La douleur n'est rien, c'est vrai. Mais il est pénible de contempler l'âme dénudée, pauvre âme d'automne destinée aux frimas. La clarté pourtant est plus forte que tous mes rêves. Je ne conçois ni le bonheur ni le malheur. Hésione ! Hésione ! Ta mort m'enlève la volonté et me précipite dans les abîmes de la fatalité. Les luttes vont reprendre, luttes irraisonnables et que je ne saurai éviter. Adieu Hésione ! Dans la solitude de mon âpre passion, ton souvenir couronnera pour l'éternité les chênes et les rochers.

(Il s'avance au milieu de la scène.)

Zeus ! infatigable Zeus ! Tu m'enlèves la gloire ; tu flétris ma splendide douleur ; par félonie, tu t'empares de l'amour ; par ruse, tu ravis l'amante. Tu joues avec les dépouilles mortelles et tu sais tromper la substance qui ne périt jamais. Après l'immense solitude des cimes, tu m'offres la solitude de l'âme. Tu me veux dépouillé de tout ce qui fait le patrimoine des hommes et des dieux.

Imprudent ! Malgré le silence qui dorénavant pèsera sur ma vie, j'apporte à ces funérailles la haine intarissable et l'amour meurtri. Erinnys ! Fuis mon sang. Il rongera ta coupe d'or.

Zeus ! Tu ne peux plus m'atteindre, parce que mon âme est nue et mon cœur ne frémit pas.

Je ne vais plus aimer ni la justice, ni l'ordre, ni le rêve, ni l'amitié.

La solitude va se repaître de ma haine ardente. Elle réveillera en moi le Titan qui rêvait au bord de la mer et qui connaissait le langage des étoiles.

Mais les vagues n'emporteront plus mes plaintes, les étoiles ne seront plus mes confidentes ! Elevé à la mamelle de la solitude, je serai son docte nourrisson. Je la servirai comme l'étincelle sert le feu et la tempête le désastre. Je sèmerai le doute. J'obligerai ceux qui vivent d'être seuls, de se chercher, de se vouloir. J'éveillerai les maudits, entends-tu, Zeus ? Je serai le docte nourrisson de la belle solitude !

Des désirs, des orgueils, des volontés surgiront contre toi. Tu resteras victorieux, je le sais ; l'ordre désormais triomphe. Mais qu'importe ! C'est l'ordre peut-être qui te tuera, Zeus, félon ! J'agirai ! Je parlerai de l'amour aux hommes. Or, tu ne sauras pas combattre l'amour, parce que tu ignores l'ordonnance qu'il donne à ce qui passe.

Comme ce lierre devenu immortel grâce à toi, l'amour apparaîtra robuste et impérissable. Je bâtirai des temples innombrables à l'épouse que tu enlevas en brûlant ma tendresse. Partout s'élèvera la stelle d'Hésione, la stelle de la solitude ardente, de l'amour meurtri, du doute. Pour la glorifier, j'apprendrai — entends-tu ? — j'apprendrai aux hommes des danses, des chants, des prières. Aphrodite ne pourra plus rien contre cet amour.

Zeus ! Tu as voulu amoindrir le combat. Grâce à toi, la lutte, tout en restant cruelle, est agrémentée de tous les dons que l'invincible nature apporte à la vie.

La nouvelle fatalité est née. Elle nous mène tous les deux vers les batailles dont nous ignorons le terme et le sens profond.

Mais le lierre domine la roche et l'amour couronne les cimes que tu as dépouillées.

(Prométhée se tait. Il s'assied sur le tertre et médite. Le jour est levé. On entend les oiseaux, les sources, tous les bruits du matin. Il écoute et sourit en disant avec mélancolie :)

Voici le matin ! (On entend une musique lointaine, comme un murmure harmonieux de ce réveil. Prométhée se lève, tend la main, écoute un instant et dit d'une voix mesurée.)

Zeus, fils de Kronos, maître des dieux et des hommes ! Ce n'est plus au bruit du tonnerre, devant le ciel embrasé et la mer blanchie de courroux que je viens te parler. Le matin amical règne. Le soleil bienfaisant répand la tiède et douce clarté. Les arbres que la brise réveille, frémissent. Les fleurs ouvrent leurs corolles. Les oiseaux voltigent et gazouillent. Partout règne la clarté.

Zeus, fils de l'ordre ! D'une voix mesurée, comme il sied à Prométhée repenti, je me soumets à la nouvelle loi Je sais que je ne puis te vaincre. Tous les deux nous subissons la règle fatale. Ma solitude est nourrie par ton orgueil, ta puissance s'affermit par mes combats. Chacun a sa place ; Zeus, gardien de l'ordre, et le Titan, créateur de la vie.

Je sais que ni l'amour, ni l'amitié, ne me sont accessibles. J'apporte la parole de l'ombre et de la naissance qui se nourrissent de la tendresse.

Tu sauvegardes les fruits mûrs qui, pour exister, réclament le plein jour et une grande certitude.

Ta justice est contre la mienne. Ton amour ! Ha ! Ha ! ton amour détruit le mien...

Fils de Rhéa ! je sais aussi que soumis à la fatale loi, jamais maître du monde, je changerai quand même son sens. Oui ! c'est par l'ordre que je t'atteindrai. Je rendrai prudent le mal, rusé le doute, pleine de malice la révolte. Je créerai des consciences et des désirs. L'amour, qu'Aphrodite ignore, étendra ses ailes sur la vie. Peu à peu ce qui meurt aujourd'hui, apprendra à vivre. Et alors, Zeus gardien de la maturité, tu seras forcé de les recevoir, les fruits de mes peines, qui, à leur tour, connaîtront l'automne. Prométhée privé de rêves et d'amour, couronné de lierre, qui désormais annonce la victoire, diminuera tes méfaits et appellera vers la vie la mélancolique beauté de l'ombre.

Zeus ! Zeus ! la plante timide que nourrit le sang et la pierre, changera la destinée.

Hésione vaincra ! Hésione vaincra !

Le rideau tombe

Fin

Saint-Amand (Cher). — Imp. Em. PIVOTEAU & FILS

Saint-Amand (Cher). — Imp. Em. PIVOTEAU & Fils

www.ingramcontent.com/pod-product-compliance
Ingram Content Group UK Ltd.
Pitfield, Milton Keynes, MK11 3LW, UK
UKHW012106240726
13965UKWH00004B/1572